針と糸

小川糸

毎日文庫

もくじ

第一章　日曜日の静けさ

第二章　母のこと

第三章　お金をかけずに幸せになる

第四章　わが家の味

第五章　双六人生

針と糸

第一章　日曜日の静けさ

直感

そもそも日曜日に目覚めたのは、ベルリンで暮らすようになったのがきっかけだった。私にとって、ラトビアが魂のふるさとなら、ベルリンは心のふるさと。実は、この文章をベルリンで書いている。

きっかけは二〇〇八年に、ほんの数日、仕事でベルリンに滞在したことだった。ベルリンにあり、現在も実際に使われているというモダニズム集合住宅群を取材したのだが、その時、人々がとても自由に、楽しそうに暮らしている姿が印象に残った。中でも、長い坂道を女性が自転車で颯爽《さっそう》と下りてくる姿は、今でもはっきりと脳裏にやきついている。その瞬間、この町にはきっと何かある、そんな直感のようなものを感じ、以来、足繁《しげ》くベルリンに通うようになった。ほんの一瞬の出来事が、人生に多大な影響を及ぼしたのである。

ベルリンで暮らすうちに、日曜日の過ごし方の重要性を思い知った。

ベルリンだけでなく、ドイツ、ひいてはヨーロッパ全般にいえることだけれど、日曜日は、お店などがほとんど休みになる。それが最初に驚いたことだった。雰囲気としては、日本のお正月に近い。町全体がしーんとして、人々は、家にいて心と体をそっと休める。基本的に、日曜日は友人や家族と静かに過ごすのだ。

一週間に一度、お正月が来ると思えばわかりやすい。日本の日曜日の有り様とは、正反対だ。

私はこの、日曜日の静けさがとても心地いいと感じた。確かに、お店などしまっているから、買い物したりすることはできない。けれど、買い物する必要があるのなら、土曜日にしておけばいいだけのこと。きちんと計画を立てて暮らしていれば、なんの不便も感じない。

日曜日はお父さんもお母さんも子どももお休み。だから、どこの家でも、みんなが平等に家族団欒《だんらん》の時間を楽しめる。そういうシステムが定着しているのだ。日曜日にお店が休みだなんて、一見、不経済のようだけれど、長い目で見るとこっちの方が経済的なのではないかと思う。

だから、ベルリンから日本に戻ると、日曜日の過ごし方に戸惑ってしまう。行楽地に出かけたり、デパートで買い物をしたり。そして、ぐったりと疲労して、疲れた顔のまま月曜日を迎え、一週間がはじまる。いっこうに疲れが取れない。二十四時間営業のコンビニエンスストアも、深夜遅くまで営業しているスーパーマーケットも、日曜日も変わらず開店する百貨店やレストランも、確かに便利ではあるのだろう。けれど、そこで働いている人たちや家族には、日曜日というせっかくの休日が失われてしまう。

せーの、でみんなが一斉に休めば効率がいいし、それが、一週間の大きなメリハリになる。

こうして、私は日曜日が大好きになった。早く、次の日曜日が来ないかと、首を長くして待っている。

自分だけのルール

ある週末、近所のカフェに行ったら、いつもはつながるはずのＷｉ－Ｆｉがつながらなかった。お店の人にたずねたところ、笑いながら黒板を指差す。そこには、ＮｏＷｉ－Ｆｉ　ｏｎ　ｗｅｅｋｅｎｄ！　の文字が。そう、週末はあえてインターネットがつながらないようにしていたのだ。

せっかくの週末なのだから、パソコンやスマートフォンの画面ばかり見ていないで、友だちと話したり、空を見たり、おいしいものを食べたりしましょうよ、というお店からのメッセージらしい。そういうユーモアの通じるベルリンに、私は一票を投じたくなる。

そのことに感動していたら、ドイツでは国をあげて、そういう方向に動きつつあるというので驚いた。つまり、平日の午後六時以降や週末は、ビジネスメールを禁止するというのだ。いつか、そんなことも必要になる時代がくるのではないかと思っていたけれど、それを法律できちんとルールにしようとするなんて、さすがである。

ドイツ人は、平日と週末をきちんと区別して生活するのが、とても上手だ。平日はまじめに仕事をし、その分週末は仕事から離れる。見ていると、だいたい金曜日の午後くらいから、人々が浮き足立つのがわかる。交通機関も、金曜日と土曜日の夜だけは終夜運転で、帰りの足を心配することなく、夜更かしを楽しむことができる。そして、日曜日はゆっくり休んで、静かに過ごす。

かくして私も、ドイツ人を見習い、平日と週末をきっちりと分けて考えるようになった。月曜日から金曜日の午前中までは平日扱いとし、仕事、つまり書くことに専念する。金曜日の午後からは週末となり、友人と会ったり外食したり、楽しく過ごしてエネルギーを吸収する。

そんなふうに暮らすうちに、少しずつ自分だけのルールができた。まず、平日は人に会わない、予定を入れない、自分の足で歩ける範囲でしか行動しない。その分、金曜日の午後は、打ち合わせやインタビューに当てたり、担当編集者と食事をしたりする時間にする。土曜日はプライベートな時間とし、映画を見に行ったり、夫と外食したり、友人を招いて一緒にご飯を食べたりする。日曜日は基本的に家で過ごし、次の一週間を心地よく過ごすため、体のメンテナンスに当てるのである。

自分だけのルールを作ったら、スムーズに事が運ぶようになった。会社勤めだったり子育ての真っ只中《ただなか》だったりすると、なかなか自分だけの都合で行動するのは難しいかもしれない。けれど、たとえば週末はビジネスメールを見ないなど、できる範囲で独自のルールを作っておけば、今までより暮らしやすくなるかもしれない。無理をすると、その分必ずしわ寄せがくるから、私はなるべく無理をしないというのを、信条にして生きている。

遠くに行かなくても

ベルリンのアパートの近所に、おいしいパン屋さんがある。いわゆる、町のパン屋さんだ。月曜日から金曜日までは、朝七時から夕方七時まで、土曜日は朝七時から、午後三時まで開いており、日曜日はお休みだ。どっしりとしたドイツパンから、サンドウィッチや甘い菓子パンまでよりどりみどりで、いつもひっきりなしにお客さんがやって来る。朝買いに行くと焼き立てに遭遇することもあり、そんな時はこの上ない幸福感に包まれる。

パン屋さんのとなりには、おいしいソーセージとハムを売る店もある。店のドアを開けると、ぽわんと、燻製《くんせい》のいい匂いが漂ってくる。ほとんどが量り売りで、必要な分だけスライスして売ってくれる。生ハムやサラミの厚さも調節してくれるので、使う用途に合わせて買うことができる。

私はよく、その店でベーコンを買っている。ベーコンは、紙のように薄く切ってもらう。

ある時、夫が店で買い物をする間、犬と一緒に店の外で待っていたら、中に入りなと手招きしてくれて、ハムの味見をさせてくれた。人情味のあふれるお店である。

花屋さんもある。花屋さんは、パッと思いつくだけで、近所に三軒もある。その中で、私はもっともおしゃれではない、無愛想な女性店主のいる店で買うことが多い。おしゃれ感はないけれど、質実剛健という感じで、ぶっきらぼうにいい花を置いているのである。いつか、あの無愛想な女性店主とドイツ語で世間話ができるようになりたい。

その並びには、台所用品を売る店と、文房具屋さんもある。

だいたい、これらの店だけで、必要なものはすべて揃《そろ》う。わざわざ遠出をしなくても、近所で買い物ができることがうれしい。おいしいケーキ屋さんとアイスクリーム屋さんも近所にある。

魚を食べたい時は、近くの広場で週一回開かれるマーケットに行って食べる。そこに行くと、炭火焼きにした魚のグリルが食べられるのだ。ドイツではインビスと呼ばれる屋台文化が発達していて、ソーセージなどを売る屋台がそこら中にあり、気軽に

安く食べられる上、おいしいのである。春になると、かわいい苺《いちご》の形を模した、苺だけを売る屋台もお目見えする。
　もちろん、大型のスーパーマーケットもあるけれど、それと同じように個人経営のお店もきちんと残っていて、共存している。私もなるべく、自分の口に入れるものは個人商店で買うようにしている。その方が安心だし、良いものを手に入れることができる。
　ただし、どんなに大きなスーパーマーケットも、日曜日はお休みだ。カフェやアジア系のレストランは日曜日にやっているところもあるけれど、基本的にはお休みである。みんながせーので休める日曜日は、のどかで、とてもいい気が流れている。

書き文字

　日曜日の朝、近所のカフェに行ってカプチーノを飲みながら、手紙を読む。手紙は、読者の方から届いたものだ。『ツバキ文具店』を刊行以来、今までよりもたくさんのお手紙をいただくようになった。

　手紙を読みながら思うのは、百人いれば、百通りの文字があるなぁ、ということ。同じ人が書く文字でも、体調や心理状況によって日々刻々と変化するし、単純に朝と昼と夜とでも、文字は微妙に違ってくるはずだ。

　若い頃に書いた文字と、年齢を重ねてから書く文字では、同じ人が書いてもずいぶん違う。書き文字は、その人に一生ついてまわる指紋のようなものかもしれない。

　小学生の低学年の頃は、鉛筆をぎゅっと握って、それこそ一文字一文字をていねいに書いていた。右手の中指の、鉛筆が当たるところにぽっこりと窪《くぼ》みができて、そこだけ皮膚がつるつるしていたのを覚えている。けれど、いつの間にかその窪みもなくなった。最近は鉛筆を持つこと自体、滅多《めった》にない。せいぜい、選挙の時くらいだ。だからこそ、手書きで書かれた手紙をいただくと嬉《うれ》しくなる。

私自身は手紙が好きで、わりと頻繁に書く方だと思うけれど、それでも最近は用件をメールで済ませることが多くなった。

メールは確かに、とても便利である。けれど、メールだと、出した瞬間から返事を待つ態勢となり、気が休まらない。二十四時間、インターネットさえつながれば、どこにいてもメールが出せるし、届いてしまう。

そんな時代だからこそ、手紙っていいなぁと思うのだ。手紙を出す相手に合わせて、便箋を選んだり筆記具を選んだりするのが楽しいし、どんな切手を貼ろうかと迷ったりするのもまた、手紙の醍醐味《だいごみ》だ。

そして、自分でポストに投函《とうかん》する。それが、人から人へとバトンのように手渡されて、相手の郵便受けまで届く。しかも、その手紙が相手にいつ届くかも定かでなければ、相手がいつ読むかもわからない。ましてや、それに対する返事がいつ来るかなんてさっぱり見当がつかないし、もしかしたら、返事は来ないかもしれない。その曖昧さが、逆にいいと思うのだ。

手紙には、手間だったり時間だったり、たくさんの「間」があって、ホッとする。封を開けると、そこからその方の周りの空気が、ふわりと立ち上ってくる。その瞬間がたまらない。一文字一文字心をこめて綴《つづ》られた手書きの文字や言葉使いから、その方の人となりを想像するのが、また楽しい。時代の流れからいったら手紙は非効率的かもしれない。でも世の中から手紙という習慣がなくなったら、とても味気なくて寂しくなる。

ダイレクトメールの山に一通、手書きの宛名を見つけると、誰だって気持ちが弾むのではないかしら。

隣人の荷物を預かる

ベルリンにいると、たまに隣人の荷物を預かることがある。たとえば、荷物を届けに来たけれど、その受取人が不在だった場合、同じアパートの中で在宅の人を探して、その人に荷物を渡して帰るのだ。そして、そのことを紙に記して玄関のドアに貼っておく。荷物を受け取るはずだった人は、貼り紙を見て、一時的に預かってくれている人のところを訪ね、荷物を受け取るという仕組みだ。

私も、日本から送られてきたゲラ（原稿を印刷したもの）がちょうど不在にしていたときに届いてしまい、どこにいってしまったのだろうと不審に思っていたら、後日、同じアパートの住人がわざわざ届けに来てくれたことがある。

以前は、日本でもそういうことが普通に行われていたのではないだろうか。けれど、今だったらありえないだろう。信頼関係がなければ、成り立たないシステムだ。

もしも絶対に本人に手渡さなくてはいけない、となると、配達の人はまた同じアパートに届けなくてはいけなくなる。そのことで、無駄な労力がかかってしまう。でも、お互いにちょっとずつ可能な範囲で助け合えば、配達の人の負担を軽くすることができる。このくらいゆるくても、別にいいんじゃないかなぁ、と私自身は思っている。

日本の宅配システムは、確かにすごい。細かく時間指定ができて、確実に相手の元に届く。今、自分の出した荷物がどういう状況にあるのかも調べればすぐに判明するし、食品など、冷蔵や冷凍で送ることも簡単だ。日本の宅配システムは、世界に誇れる素晴らしいサービスだ。

東京にいるときは、わが家にもほぼ毎日のように荷物が届けられる。正直、本当にありがたい。重たい荷物を運ばなくて済むし、買い物だってできてしまう。私はかなり、宅配に頼って暮らしている。

けれど、荷物を運んで来てくれる業者の方は、大変そうだ。携帯電話は鳴りっぱなしで、常に時間に追われている。特に気の毒なのは年末年始で、みんながくつろいでいるとき、宅配業者さんは、血眼になって夜遅くまで荷物を届けている。

せめて、大晦日と元日くらい、宅配もお休みにできないのかしら、と思うけれど、そんな呑気《のんき》なことは言っていられない時代なのだろう。自分もたっぷりと宅配システムの恩恵を受けているので、矛盾しているかもしれないけれど。

そんなことを思っていたら、ドイツに長く暮らしている日本人の友人に反論された。やっぱり、自分宛てに届く荷物は、きちんと責任を持って自宅まで届けて欲しいというのだ。中には、たとえば荷物が重たかったりすると、はなから受取人のベルを鳴らさず、下の方の階の住人に預けていってしまうこともあるのだとか……。

どっちがいいのか、正直、私はまだわからないでいる。

自由と義務

ベルリンへ犬も一緒に行ってきたのだと言うと、たいていの人は目を丸くする。そして必ず、「飛行機に乗せて平気なの？」と尋ねられる。

あまり知られていないが、欧米の航空会社の場合、犬や猫などのペットを機内に持ち込むことができる。もちろん、どんな大きさのペットでも持ち込めるわけではなく、ケージの大きさや重量に制限がある。

二〇一七年の夏に私が利用したルフトハンザ航空の場合は、ケージの大きさが55×40×23センチ以内で、ケージとペットの総重量が8キロを超えなければ、手荷物と同じ扱いとして、飼い主と一緒に客室に乗せることが可能だった。犬の運賃は、日本－ドイツ間で片道1万円ほど。

機内では、前の座席の下にケージをおさめ、空港に着くまで外に出すことはできない。飛行中は食事を与えず、水は鼻を湿らせる程度にする。

出発前、長時間ケージに入っている練習をしたせいか、もともと大らかな性格だというのも手伝って、わが家の犬の場合、飛行中、特に動揺している様子は見られなかった。

ペットの出入国に関する書類をそろえるのは大変だったし、どんなに平気そうに見えても、きっと体への負担はあるに違いない。長時間飛行機に乗せるなんて飼い主のエゴだという意見もある。けれど、日本に戻ってきて、やっぱり犬も一緒に連れて行ってよかったと思っている。

ベルリンは、犬にとってとても優しい町だ。バスや電車にもケージに入れることなく乗せられるし、たいていのカフェやレストランにも一緒に行くことができる。ただし、そのためには、犬も飼い主も、きちんとトレーニングを受けてマナーを身につけることが肝要だ。しっかりとしつけられているからこそ、犬の権利も保障されているのだろう。そういう経験をできたことが、この夏の最大の収穫だった。

ある週末、郊外にある森へ犬を連れて出かけた。そこは、犬を飼っているベルリナーたちが、週末になるとこぞって集まる場所だという。広大な森の奥に湖があって、湖畔ではそこここで、犬と人が共に豊かな時間を謳歌《おうか》していた。

ある人は木陰で昼寝をし、ある人は犬と一緒に湖水浴を楽しんでいる。ほとんどの犬はリードを外され、気の合う犬同士で存分に遊んでいた。どの犬も、笑顔。まさに、犬にとってのパラダイスだった。

ふだんは人間が作ったルールに合わせてもらっている分、週末は思いっきり犬本来の姿で日頃のストレスを発散させてあげているのかもしれない。そのメリハリは、さすがドイツだ。自由と義務のバランスが、絶妙なのである。

日本にもこんな環境があったらいいのにと、ベルリン滞在中何度も思った。いつか日本でも、ケージに入れることなく、普通に犬も電車に乗せられるようになるのを夢見ている。

大きな目標

もう何回も長期でベルリンに滞在しているのに、今まで言葉の壁を感じたことは全くなかった。言葉が通じなくても楽しかったし、片言の英語を代用すれば事が足りるので、困ることもほとんどなかったのだ。

その状況が一変したのは、二〇一六年の夏。初めて犬をドイツまで一緒に連れて行ったことがきっかけだった。

犬を連れて歩いていると、よく声をかけられるのだ。おそらくそれは、とても簡単な内容で、「何歳?」とか「男の子? それとも女の子?」とか、「名前はなんていうの?」とか、そんなようなことだろうと推測する。

けれど、そんな簡単な質問にすら答えられず、そこで会話が止まってしまう現実に、愕然《がくぜん》としてしまったのである。ちょっとした会話でも交わすことができれば、もっと世界が広がるし、もっと友だちもできるのに……。それに気づいたら、すっかり言葉の壁に閉ざされてしまった。

初めて、ベルリンで孤独感を味わったのである。そこに至るまでに随分と長く時間がかかってしまったとも言えるのだが。

そこで、私にはふたつの選択肢があった。ひとつは、潔くベルリンを卒業すること。そしてもうひとつは、きちんとドイツ語を話せるようになり、ベルリンとの関係をより深めること。言葉を変えれば、前者は内向きで守りの姿勢であり、後者は外向きで攻めの姿勢である。さて、どうするのか。悩んだ末に、私は攻めの方を選んだ。つまり、より困難な道の方を行こうと決めたのである。

四十代の、大きな目標ができた。この先、自分がどこでどんなふうに生きていくのかはわからないけれど、人生のある時期を、日本から離れて暮らすのもいいのではないかと考えたのだ。そうすれば、より日本を客観的に見ることができるし、今まで当たり前と思って気づいていなかった、いい面にも気づけるかもしれない。ただ小説を書く人で終わるのではなく、人として生きていく力というか、人間としてもっとコクのある人になりたいという想いもある。

そんな訳で、私は、ベルリンでドイツ語を習得すべく、語学学校に通っている。とはいえ、まずは数を数えたり、単語を覚え、正しく発音できるようにならないといけない。ドイツ語が母語の人から見たら、まだまだ一歳児と同じ、もしくは一歳児以下のレベルをさまよっている。道は果てしなく長く、ゴールは見えない。それでも、一歩ずつ、前に進んでいくしかないのだろう。

授業は、平日の朝八時半から午後一時までと、かなりみっちり詰まっている。途中でおなかがすくと勉強に身が入らなくなってしまうので、朝、時間に余裕のある時はお弁当を持って出かける。昨日までわからなかった店の前の貼り紙の意味が、今日は読めるようになったりすると、それだけで、飛び跳ねたくなるほど嬉しいのである。

ドイツ語の授業

歩きながらノートを開いて勉強したのは、何年ぶり、いや何十年ぶりだろうか。中学校や高校での試験の前みたいだ。でも、そのくらい勉強をしないと、授業に全くついていけない。予習と復習を必死にやって、なんとか、「今、何を勉強しているのか」が理解できるのである。もちろん、最初から授業はドイツ語で行われる。

クラスメイトは、ベネズエラ、メキシコ、ブラジル、ペルー、アメリカ合衆国、アゼルバイジャン、トルコ、ベラルーシ、イタリア、日本など、世界中の様々な国から来ている。職業も色々で、学生もいれば、ミュージシャンやエンジニア、科学者、医者の卵、心理学者、ジャーナリスト、建築家、と幅広い。みんな、何らかの目的があってドイツ語の習得に励んでいる。

先生は、とても優しい女の先生だ。よく、語学学校は先生によって当たり外れがあると耳にするけれど、そういう面ではとてもラッキーだった。ただ教科書通りに教えるのではなく、私たちの頭の中にどうやったら生きた形でドイツ語が浸透するかをとてもよく考えながら授業を進めてくれる。最初は、午前八時半から午後一時までの授業で、集中力がちゃんともつのだろうかと不安だったけれど、ただじっと椅子に座って授業を受けるわけではないので、意外とあっという間に過ぎて行く。

授業は、八時半から九十分やったら、三十分間の長い休み時間があり、また九十分授業があって、その後今度は十五分の短い休み時間がある。そして最後四十五分間の授業があって、一日の授業は終了となる。それが、月曜日から金曜日まで、毎日続くのである。

もしも自分たちを俯瞰《ふかん》で見たら、かなり笑えるだろう。だって、やっていることといえば、ほとんど幼稚園と変わらないのである。いい歳をした大人が、本当に片言のドイツ語を使って、自分の名前を言ったり、相手の趣味を聞いたりしているのだ。

ある時は、ふたりひと組になって、小袋に入ったグミを渡され、ひとりは教室の外に出て待っていて、その間もうひとりが教室のどこかにグミを隠して、それがどこに隠してあるのかをドイツ語で質問しながら探すというのをやった。一見遊びのように見えるけれど、そうすることで実際にどういう表現を使ったらいいのかを体で理解することができる。

　よく、ドイツ語は難しいと言われる。確かにそうだ。私もいまだに、ドイツ語が合理的なのか、それとも非合理的なのかすらわからないでいる。手応えとしては、とても難解な数学というイメージだ。法則を理解してしまえば解けるのだろうが、それまではちんぷんかんぷんである。でも、難しいと思うともっと難しくなるから、今はあえて、ドイツ語なんて簡単、と自分で自分に言い聞かせている。

犬のあいさつ

このことを人に話すととても驚かれるのだが、ドイツと日本では、犬同士のあいさつの仕方が異なる。だから、わが家の愛犬、ゆりねも、当初はその違いに戸惑っていた。

簡単にいうと、ドイツの場合、道を歩いている時は犬同士のあいさつをほとんどさせない。飼い主も犬もそういうものだと心得ていて、犬同士がすれ違う時も、よっぽどお互いが引き寄せられている時以外、においを嗅ぎ合うことはない。しれっと、通り過ぎるのである。

日本では、近くに犬がいると、犬同士を近づけて、あいさつさせる。もちろん、その飼い主や犬の性格によるけれど、私の場合、相手の飼い主や犬がフレンドリーだと感じた時は、立ち止まって犬同士を遊ばせていた。ゆりねは犬が好きなので、少しでも犬と触れ合わせてあげたい、という思いからだ。だから、ゆりねの方も、向こうから犬がやって来ると喜んで近づいていく。時には、飼い主同士の立ち話に発展する。

そういうことが、ドイツではあまりない。だから、ゆりねは犬との触れ合い不足でストレスがたまってしまう。けれど、よく考えると、道端で犬同士をじゃれ合わせるのは、危ないのだ。他の通行人に迷惑をかけることもあるし、後ろから自転車が来るかもしれない。おそらくそういう理由で、道を歩いている時は犬同士のあいさつをあまりさせないのだと思う。

ただし、ずっとそうだったら、犬もストレスがたまる。だから、たとえば公園の原っぱとかドッグランとか、遊ばせていい場所では、犬同士を思いっきりノーリードで遊ばせる。そして、犬同士が遊んでいる時は、人はその中に入らない。あくまで、犬と犬とで好きに遊ばせるのである。その、オンとオフの使い分けが、まさにドイツなのだ。

どちらがいいとか悪いとかの話ではなく、考え方の違いだろう。けれど、ゆりねにとってはかなり厄介な違いのようで、そのルールの差に戸惑っている。

二〇一六年の夏、ベルリンから東京に帰った時も、言葉の壁に悩む帰国子女のようになって、しばらく、散歩に行っても歩かなくなってしまった。ゆりねとしては、せ

っかくドイツ式に慣れたところだったのだろう。環境の違いが、そこまで犬に影響を及ぼすとは想像していなかったので、驚いた。小さな体で、環境の変化を敏感に察知しているのだ。

ゆりねは、日本とドイツ、どちらが肌に合うのだろうか。ペットシートや犬の服などが充実し、品質がいいのは日本だが、良質なフードがあるのはドイツだ。その違いは、人間が犬をどういう存在だと思っているかの違いでもあるような気がする。

面白いのは、ドイツでは、犬を飼うのに税金を払うことだ。だから、税務署が犬の頭数を把握している。犬を飼うにも、義務と権利がはっきりしているのである。

平日のご褒美

月曜日から金曜日まで語学学校に通っていると、本当にあっという間に一日が終わり、一週間が過ぎ、一カ月が終わってしまう。これまで、好きな音楽を聴きながらゆっくり食事をしていたのなんて、夢のようだ。今は、音楽を聴いている余裕もないどころか、自分で料理を作るのもままならない。とにかく、予習復習に忙しくて、全く時間がないのである。食器を洗っている暇があったら、単語を覚えたいと切実に思うのだ。

けれど、そういう生活を送っていると、あまりに日々が単調に過ぎ去ることに気づいた。それで、一週間の曜日それぞれに、自分で自分にご褒美をあげることにしたのである。

まず、月曜日。月曜日は週の始まりで、これから五日間学校に通わなくてはいけないから、甘い物でエネルギーを補給する。だから、月曜日はケーキの日。以前、日曜日をケーキの日としていたのだが、日曜日は他にも色々とお楽しみがあるので、月曜日に移動することにした。月曜日は、学校帰りに好きなお店で好きなケーキを食べて帰るのである。

火曜日は、温泉の日だ。といっても、実際に温泉に行くのではなく、自宅のバスタブにお湯を張って、そこにクレイ（泥）を溶かして温泉気分を味わうのである。ベルリンに住む日本人の友だちが教えてくれたクレイは本当によくて、日本の温泉と同じようなお湯を楽しめる。長く海外にいると日本の温泉がむしょうに恋しくなるけれど、これがあれば、ベルリンにいても温泉気分が味わえる。ふだんはゆっくりお風呂に入ることもままならないから、せめて週に一回は、ゆっくりお湯に浸かって体を労《いたわ》ろうというのである。私はこれを、ベルリン温泉と呼んでいる。

水曜日は、夕方からヨガに行く。行くといっても、隣のアパートなので、中庭を通ってすぐに行ける。ずっとヨガをやりたいと思って近所を探していたのだが、まさかこんな近くでやっているとは思っていなかった。レッスンは英語なので、英語の勉強にもなり、一石二鳥だ。

木曜日は、毎週タイマッサージの予約を入れている。ベルリンには、多くのタイ人がいるけれど、彼女もタイから来ている一人で、とても明るい。あと一日がんばれば週末なので、ここら辺で一週間分の疲れを癒やしておこう、という計画である。

そして、待ちに待った金曜日。金曜日の午後一時、すべての授業を終えた時の解放感といったら、この上ない。大声で万歳をしたいような気分である。

金曜日は魚の日だ。前述した、毎週金曜日に近所の広場に立つマーケットに、炭火で魚を焼いてくれる屋台があるので、そこで思う存分、魚を食べるのである。外でワインを飲みながら魚を食べる、という大きなご褒美をぶら下げて、一週間分の授業をなんとか乗り切っている。

森歩き

前回、平日の過ごし方について書いたので、今回は週末の過ごし方について書こうと思う。

土曜日の朝は、いつもよりのんびり起きる。平日は目覚ましをかけて起きているので、その分、週末はたっぷり眠る。起きたら、まずは落ち着いてお茶を飲む。そして、午前中は、仕事をする。とにかく、平日はドイツ語の勉強だけで精一杯になってしまうので、原稿を書いたりゲラをチェックするのは、まとめて土曜日にしているのだ。

土曜日の午後は、あえて予定を決めていない。友だちと会って一緒に食事をしたり、買い物をしたりと、その時の天気と気分次第だ。ドイツ語の勉強が追いつかない時は、土曜日の午後、学校の図書館に行って補習することもあるけれど、基本的にはなるべくしないようにしている。

夜は、家で料理を作る。普段の鬱憤《うっぷん》を晴らすべく、台所に立つ。土曜日にまとめて作り置きをしておかないと、食べるものが何もなくなってしまうのだ。お味噌汁も、一回一回準備する余裕がないので、まとめて出汁《だし》をとって、お味噌も溶いた状態にして保存しておく。それに、毎回野菜などを入れて飲んでいる。

ご飯も、まとめて炊いておにぎりにし、ひとつずつラップに包んで冷凍しておく。そうしておけば、食べたい時に、オーブンで焼いて焼きおにぎりにすることができる。白菜や蕪《かぶ》は漬物にしておく。ベルリンでぬか床を育てているので、ぬか漬けもまとめて漬けておく。料理が、一番のストレス解消法だ。

日曜日は、ゆりねを連れて森に行く日だ。「自由と義務」の項でも書いたが、ベルリンの南西にグリューネヴァルトと呼ばれる広大な森があり、森にはたくさんの湖が点在していて、その湖の周りで自由に犬たちを遊ばせることができる。この森と湖はベルリンで犬を飼っている人たちにとっては天国みたいな場所で、週末になると、みなさんこぞって犬を連れてくるのである。

私も、日曜日の森歩きがやめられなくなった。特に朝の森は清々《すがすが》しく、方々から鳥の声が響いてきて、気持ちいいのである。私が語学学校に通い始めたことで、ゆりねも留守番が長くなってストレスを感じているから、日曜日の森歩きは、私にとってもゆりねにとっても、大きな気分転換になる。ゆりねはリードを外されて、思いっきり走ったり、他の犬と遊んだりしている。

森歩きの最後は、ビールでしめる。森の中にレストランがあり、外の木陰で一杯のビールを飲むことが、目下、私の最大の幸せである。こうして、私の週末は穏やかに過ぎて行く。

天気によっては土曜日と日曜日を入れ替えることもあるけれど、これが私の週末の過ごし方だ。また来週も森でおいしいビールが飲めるように、一週間、がんばろうと思うのである。

昼下がりのトランプ

ドイツ語の勉強を始めて感じたのは、休みに関する表現がとても豊かだということである。とりわけ、休暇を意味する「ウアラウプ」は、かなり初期に覚えた単語だった。

ドイツでは、平均的に有給休暇が年に三十日ほど与えられていると聞いた。これは病気の際のお休みとは別に与えられるもので、純粋なリフレッシュとして使えるものである。だから、会社に勤めている人でも、まとめて一カ月くらいバカンスを取るのが、割と普通に行われている。

ドイツ語の学校でも、先生が夏休みに入ったので別の先生に変わった、という話は決して珍しくない。休む時は休み、働く時は働く。勤勉に働くためには、ちゃんとした休暇も必要で、結果的にそうした方が効率がいいということなのだろう。私は、このメリハリのあるドイツ式の働き方に一票を投じたいと思っている。

日本の夏は、年々厳しさを増しているように思う。朝、出社する時点ですでに背中に汗をかき、それだけで体力を消耗する。そして夜も気温が下がらないから眠れない。だから、どんどん疲れがたまっていく。いっそのこと、そんな時は無理して会社に行かないで、自宅で仕事をするなり、もしくはまとめて休暇を取ってリフレッシュした方が合理的だと思うのだけど、そう簡単にドイツ式の働き方にはできない事情もあるのかもしれない。

ドイツでは、長時間会社にいることが決して評価の対象にならないというのも、よく耳にすることである。評価どころか、むしろ減点の対象で、休日出勤も残業も、基本的にはありえないとのこと。いかに効率よく時間内に仕事を終わらせるかが大事で、仕事が終わればプライベートの時間だから、仕事のあとまで会社の同僚と飲みに行ったりすることもないそうだ。確かに、そういう姿を見ることはほとんどない。

週末になるとよく目にするのは、子どもと一緒に歩く父親の姿だ。パパ友同士が、ベビーカーを押したり赤ちゃんを抱っこしたりして一緒に外出している姿をよく見かける。日本でも少しずつ育児に参加する男性が増えてきてはいるようだけど、私の個人的な感覚からすると、ドイツの方がより男性も積極的に育児に参加している印象が

ある。それができるのも、週末にきちんとプライベートの時間が確保されているからだ。
先日、カフェでお茶を飲んでいたら、隣の席に父親と息子のふたり連れがやって来た。父親は五十代後半、息子は十代後半くらいだろうか。ふたりは、楽しそうにずっとトランプをやっていた。日曜日の昼下がりのことである。日本ではあまり見ない光景のような気がした。
ドイツにいると、父親の存在を日本よりも大きく感じることが多い。子どもの頃から父親と過ごす時間が長ければ、自然とそうなるのかもしれない。素敵な親子だった。

ラトビアへの旅

週末、ラトビアに行ってきた。目下、私にとっての最愛の国と言っても過言ではない。ラトビアにはこれまで、三回足を運んでいるが、それらはいずれも仕事の取材として行ったもので、通訳さんや移動の車がついた、至れり尽くせりの旅だった。けれどふと、普通に観光で行っても楽しいのだろうか？　と疑問が湧いたのだ。それで、ラトビア初体験の夫を誘い、ふらりと出かけてみたのである。今回は、リガの旧市街に宿を予約した。以前から泊まってみたかった、大聖堂のそばにあるこぢんまりとしたホテルである。

今回の旅の一番の目的は、のんびりすることだ。年齢のせいかもしれないけれど、あれもして、これもして、あそこにも行って、と欲張らないことにしたのだ。せっかく旅行に行ったのに、疲れたのでは意味がない。だから、旅の時こそ普段履き慣れた歩きやすい靴と、いつも着ている慣れた服で行くようにしている。疲れない程度に町歩きをし、レストランで食事を楽しむ。スケジュールを詰め込みすぎず、ちょっと余白があるくらいが程よいと感じるようになったのである。

どこに行ってもそうだが、私はあまり観光ということをしない。ついでに言うと、いわゆる記念写真というものも撮らない。美しい景色に出会うとそれを写真に残したいとは思うけれど、そこに自分の姿を加えたいとは思わないのだ。

唯一、今回の旅でひとつだけ買いたかったものがある。ラトビアのソーセージとベーコンだ。肉の加工品はドイツが本場と思っていたけれど、いやいや、ラトビアのそれらと出会って以来、見方が変わった。とにかく、保存のためにしっかり燻製にしてあるのだが、その燻製の技術が見事で、他にはない独特の味わいなのだ。昔から同じ製法で作られている、ラトビアを代表する食べ物である。ラトビア人に好きな食べ物を尋ねると、たいてい、ソーセージとベーコンという答えが返ってくる。

マーケットに行くと、燻製にした加工食品を売る店がいくつか出ていた。大きなかたまりのまま燻製にするので、ひとつがものすごく大きい。そしてもちろん、ずっしりと重い。ベーコンの一かたまりが、平気で五キロくらいあるのである。ソーセージも大人の腕くらいの長さがあり、こちらも一本買うと三キロ前後ある。ソーセージとベーコンが買えたので、旅の目的はほぼ達成できた。

日曜日は、ユグラ湖のほとりにある野外民俗博物館に行ってきた。ここは広大な松林で、ラトビア全土から移築された古い民家が点在している。市民の憩いの場でもあり、夏は森歩き、冬はスキーや氷上フィッシングを楽しむことができる。この日はパンの日で、焼きたての素朴な黒パンを味わうことができた。時間に追われずハイキングを堪能し、なんとものどかな日曜日である。

グリューネヴァルトの駅で

ある週末、グリューネヴァルトの駅で下車してホームからの階段を下りていくと、トランペットの音が響いてきた。グリューネヴァルトは、犬を連れて散歩するには絶好の場所で、ベルリンの南西側に位置している。

犬のリードを引きながら歩くにつれて、トランペットの音は次第に大きくなった。けれど、誰が吹いているのか、姿は見えない。

私でも知っている有名な曲だった。素人耳なので、うまい下手はわからないが、ちょっとたどたどしい感じが、逆に哀愁を帯びているようにも感じられ、吹いているのは黒人のおじいさんだろうか、などと勝手に想像を巡らせながら聞いていた。

外の出口に向かって歩いていくと、小さな人だかりができていた。音は、その奥から流れてくる。意外なことに、トランペットを構えているのは、少年だった。見た感じでは、十歳か十一歳。きちんと正装し、自らの前に投げ銭を入れるための箱も置いて演奏している。箱の中には、結構な額のコインが溜《た》まっていた。

実は、こういう光景はそれほど珍しくない。以前も、女の子が路上でバイオリンを奏でていた。演奏している方に悲壮感も緊張感もなく、飄々《ひょうひょう》と楽器を構えている。ちょっとしたお小遣い稼ぎなのかもしれない。このことを話すと、日本人はたいてい目を丸くする。確かに、日本ではまず見かけない光景だ。

似たようなことがもうひとつある。先日、近所を歩いていたら子どもたちが家の前にシートを広げ、いらなくなったおもちゃやぬいぐるみなどを売っていた。売り手が子どもなら、買い手も子どもである。必要がなくなったからといってすぐに処分するのではなく、きちんと責任を持って誰か他の人に引き継いでもらう、しかもそこにたとえ少額でもお金が発生するというのは、私自身はとても良いことだと思っている。

路上ライブにせよフリーマーケットにせよ、小さいうちからお金に対する感覚が身につくことで、働くことを疑似体験でき、子どもの自立に大いに役立つのではないだろうか。いつまでも耳に残ったトランペットの曲は、ジョルジ・ベンが作曲した「マシュ・ケ・ナダ」だった。

実は、グリューネヴァルトの駅には、少し離れたところに、もう使われなくなった貨物用の十七番線のホームが残されている。第二次世界大戦中、その場所から、多くのユダヤ人が特別列車に乗せられて、強制収容所へと送られたのだ。そして、いつ、どこの収容所へ、何人のユダヤ人が送られたという記録が、鉄のプレートに記され、かつて線路が敷かれていた場所に残されている。こういうホロコーストの負の遺産は、普段の生活で目に触れるいたるところにあり、大人から子どもへ、過去の過ちが受け継がれている。

これもまた、日本ではあまり見ない光景かもしれない。

大人の遠足

シュプレーヴァルトは、ドイツとポーランドの国境近くに広がる大きな森である。ベルリンの中心部を流れるシュプレー川の支流が、水路となり、森の中を縦横無尽に走っている。その水路を、カーンと呼ばれる小さな船に乗って巡るツアーが楽しいと聞き、週末、友人らと出かけてきた。

メンバーは五人で、私と夫の他、語学学校で知り合った日本人のご夫妻と、それに日本から夏休みで遊びに来ていた私の担当編集者で、いずれもいい年をした大人である。

シュプレーヴァルトの主要駅はリュッベナウで、ベルリンからは直通列車で一時間ちょっと。日帰り旅行にちょうどいい距離だ。ドイツ人の間ではかなり人気の観光スポットだが、日本ではまだそれほど紹介もされておらず、穴場だと聞いていた。

電車に乗って、さっそくおにぎりをつまむ。朝、出発前にご飯を炊き、人数分のおにぎりを握ってきた。具は、夫が日本から焼いて持ってきた塩鮭で、細かくほぐしてから、胡麻《ごま》と蕗《ふき》の佃煮《つくだに》と一緒にご飯に混ぜた。食べやすいよう小ぶりに握り、好きな時に食べられるよう一つずつラップに包んで持ってきた。

残念ながら、お天気は優れなかった。窓の向こうに、小雨が舞っている。けれど、リュッベナウまで行くだけ行って、雨がひどかったら引き返せばいいと事前に話し合っていた。そんな余裕があるのも、交通費が安いから。ベルリンとブランデンブルク州が一日乗り放題のグループチケットを買ったので、これだと一枚31ユーロとなり、五人まで乗車することが可能だ。つまり、ひとり6ユーロ（約780円）ちょっとで往復できる計算である。こんなふうに、ドイツにはお得なチケットがたくさんある。

リュッベナウの駅には、ポーランド語の駅名も記されていた。シュプレーヴァルトには、スラブ系の少数民族ソルブ人が多く住んでおり、ドイツ国内でありながら、独自の言語と文化で暮らしている。ほんの一時間電車に乗っただけなのに、ベルリンの景色とは全く違うことにぽかんとした。まさに、小旅行である。

船着き場から、カーンに乗っていよいよ出発する。カーンは、船頭さんが竿《さお》一本で漕《こ》いでくれる。余計なアナウンスもなく、静けさを楽しむボートトリップだ。お天気

もなんとか持ちこたえ、カーンに乗りながら気持ちよく森林浴を楽しむ。鳥のさえずりや水辺の音に耳をすましていると、だんだん呼吸が深くなってくる。この静寂と清々しさは、ベルリンでは味わえない。

　途中、小一時間の休憩があったので、レストランに入りお昼を食べる。シュプレーヴァルトは、酢漬けの胡瓜《きゅうり》が名物だというので、みんなでつまんだ。たった一時間電車に乗るだけでこんなに楽しい時間が過ごせるとは！

　しっとりとした大人の遠足も、なかなか乙なものである。

クリスマスマーケット

ドイツで過ごす初めての冬。当然、クリスマスマーケットも初めてとなるので、まるで観光さながら、さまざまなマーケットに顔を出した。

ドイツのクリスマスマーケットは、十一月の終わり頃から始まり、クリスマスの前後まで開かれる。その期間、毎日お店が立つマーケットもあれば、週末だけの所もある。年に一度、たった二日間だけのマーケットもあり、この期間は、今日はどこに出かけようかと、計画を練るのが楽しくなる。

ただし、お天気にはよっぽど注意しないといけない。この時期は、よく雨が降るのだ。寒いのはなんとか我慢できるが、雨はつらい。雨が降るくらいなら、いっそ雪になってほしいと思うが、そううまくもいかず、せっかく遠くのマーケットまで足を運んでも、雨に濡《ぬ》れて悲しい思いをして帰ってくる、ということが十分ありえる。

だから、この日は最高のクリスマスマーケット日和、となると、みんな同じことを考えるのか、大いににぎわう。伝統的な木のおもちゃを売る店、セーターや手袋、帽子など防寒具を並べる店、掃除好きなドイツ人ならではのブラシ専門店など、どの店にも人が集まっている。

堅実なドイツ人も、この時期だけは財布の紐《ひも》が緩くなるようで、喜々として買い物を楽しんでいる。その手にはたいてい、グリューヴァインと呼ばれる甘い味付けのホットワインを入れたマグカップが握られている。

子どもたちの楽しみは、もっぱら移動遊園地だ。メリーゴーラウンドやトランポリン、射的など、どれもひと昔前のような素朴な造りが懐かしい。それがまた、いい味を出している。

もちろん、食べ物の屋台も充実している。ソーセージだけでなく、ピザやハンバーグ、スープなど、いろいろある。先日行った近所のクリスマスマーケットでは、日本人がコロッケを揚げて売っていた。衝動的に食べたくなり、その場で立ったまま齧《かじ》りついた。まるで日本の商店街にあるお肉屋さんの店先で、買い食いをしている気分である。コロッケは、ドイツ人にも大人気だ。

いくつかのクリスマスマーケットを日替わりで巡りながら、何かに似ているなぁ、と思ったら、日本の縁日の雰囲気であることに途中で気づいた。東洋と西洋という違いはあるものの、そこに漂っているのは、素朴な懐かしさであり、ちょっとした非日常の空気感だ。日本の縁日に夜が似合うように、ドイツのクリスマスマーケットも、夜の方が断然美しい。午後は三時半くらいにはすでに薄暗くなってくるので、長い夜を楽しく過ごす、絶好のイベントだ。

一年のうち、もっとも陽《ひ》が短くて寒い時期にキリストの誕生を祝うことは、とても粋な計らいである。

ベルリンの大晦日

日本のお正月は、いつからあんなにせわしなくなってしまったのだろう。私が子どもの頃、三が日はほとんどの店がお休みで、初売りは一月四日だったと記憶する。今は、元日から店を開けるところが多く、それでは、普通の週末と変わらなくなってしまう。

ドイツの場合、一概には言えないが、十二月も半ばを過ぎると、町全体が静かになる。会社も休みになるところが多く、子どもの学校が冬休みに入ると、帰省する人も増えるのか、電車などもがらんとしている。人々もなんとなくのんびりしていて、日本の師走にあるような、慌ただしさは感じない。

西洋でクリスマスは、特別な行事であることはもちろん知識として知っていたけれど、実際その中に身を置いてみると、その大切さは想像をはるかに超えていた。クリスマスは、家族と共に、静かに過ごすのである。

子どもの頃を振り返ると、クリスマスの楽しみは、もっぱらクリスマスケーキだった。今年はどこの洋菓子店のケーキにするかを家族で話し合い、大きなケーキを切り分けて食べるのが喜びだった。その風潮は今も変わらず、クリスマスが近づくと、どこのお店でも趣向を凝らしたクリスマスケーキのチラシを作ったりして、予約を受けている。

その光景が当たり前だと思っていたのだが、ふと気になって意識して菓子店をのぞいてみたものの、ドイツには、クリスマスケーキというようなものは、存在しないようである。

確かにシュトレン（ドイツの伝統菓子）はあって、十二月に入る頃からぼちぼち見かけるようにはなるが、日本のように皆が皆、こぞって買い求めているかというと、そんな様子は見られない。ちなみに、私が食べてみたところ、バウムクーヘン同様にシュトレンもまた、今では日本の方がおいしくなっていた。こういう現実を目の当たりにすると、日本人は本当に勉強熱心で感心してしまう。

クリスマスは、本当に静かだった。町全体が静寂に包まれ、清らかな空気に満たされていた。それぞれの人が家族と共に温かな時間を過ごしているということが伝わってきて、私もその恩恵を存分に受けたのだが、問題は大晦日で、特にベルリンの騒々しさは半端なく、あっちからもこっちからも花火が上がり、それが夜中まで続くのである。

一年のうち、この時期だけは花火を買うことが許されていて、家のベランダなどから、好き勝手に花火を飛ばすのだ。身の危険を感じて外も歩けないほどの騒がしさで、これには本当に参った。そして、新年早々、道路はゴミの山なのである。

クリスマスもお正月も、どっちも静かに過ごしたい私は、どうすればいいのだろう。

第二章　母のこと

卵焼き

母は、料理に関してかなり無頓着な人だった。ふだんの食事は、ほとんど祖母が作っていた。それでも、母は毎日子ども達や夫のお弁当を作り、休みの日には、大きな鍋で煮込み蕎麦《そば》を作ったりしてくれた。忙しい分、時間をかけずに手早く作れる料理が母の十八番だった。

料理はそれほど得意ではなかったけれど、卵焼きは上手だった。年季の入ったフライパンで焼く母の卵焼きは、甘く、ふわりと柔らかかった。私は今でも、母のような卵焼きは作れない。おそらく、この先も一生、作れないだろう。

ほぼ毎日、お弁当には卵焼きが入っていた。朝起きると、台所で母が卵を焼いている。あつあつの状態をまな板にのせ、それを包丁で切るのだが、私はその時に出る、卵焼きの「はじっこ」が大好きだった。つい後ろから手を出して、何度母から怒られたことだろう。

母は、その左右の「はじっこ」を、いつも小皿に載せて、私の朝食のおかずに並べてくれた。お弁当で食べる卵焼きは冷たくなっていたが、朝食べる「はじっこ」はまだ温かくて、柔らかかった。「はじっこ」を食べられるのは家族の中でも私だけ、というのが得意な気分にさせてくれたものである。

今思い出してもあれは自分が悪かったと思うのは、高校生の時、母と喧嘩《けんか》して、母があまりに理不尽なことを言うので、頭にきた私は、母が作ってくれたお弁当を、目の前でゴミ箱に捨てたことがあった。その時はさすがに後から反省したし、今でも、本当にひどいことをしたと苦々しく思っている。

私は、物心ついた頃から反抗期だった。目の前の母は反面教師でしかなく、こうはなるまい、という最良のお手本が母だった。私は、母を本当に嫌っていた。もしも自分に子どもがいて、その子からこんなふうに嫌われたら、私は決して生きていけない。自分だったら、絶対に耐えられない、そう確信するほど、私は母を嫌悪していた。

先日、家の近所を歩いていたら、同じマンションの住人が、娘の手を引いて歩いていた。私と、同世代だろうか。ふだんなら、道ですれ違うと挨拶をするのだが、その時、彼女は娘と一緒に歌を歌っていて、私とすれ違ったことに気づかなかった。ふたりは、手をつないで、本当に楽しそうに歩いていた。

私も母に、無心であんな笑顔を向けていた時代があったのだろうか。どうか、あってほしいと思う。物心ついた頃から反抗期だったけれど、それ以前の、物心がつく前には、母をあんなふうに見つめ、母に、この子をうんでよかったと思わせるような幸福な時間があったことを、願わずにはいられない。

私は、覚えていないけれど、その一縷《いちる》の望みに、期待せずにはいられないのである。

シャンソン

東京の空はあんなに晴れていたのに、米沢に向かう峠に入ると、視界一面が雪景色に変わった。これでもかこれでもかと、雪は空から絶えまなく落ちてくる。私には、過去の過ちや汚れを、必死に消そうとしているように思えた。

実家のあった山形へ、母親のお見舞いに行ったのだ。おそらく、会えるのはこれが最後になるだろう。訳あって、親とはほぼ連絡を断っていた。どうしても、そうせざるを得ない状況だった。数年間に及ぶ沈黙を破ったのは、母に癌《がん》が見つかったから。父も、軽い認知症を患っていた。

母は、私をうんだ病院に再入院していた。末期癌で、他の箇所にも転移が見られ、もういつ倒れてもおかしくはないという。病室をのぞくと、母がベッドに横たわっていた。私を見て、「どうしたの?」と目を丸くする。最近になり、母にも、認知の症状が出始めている。

波瀾《はらん》万丈の人生だった。

幼い私に、生きていくのに必要なのは愛ではなくてお金だと言い切り、毎年クリスマスには、熨斗《のし》袋に一万円札を入れて渡すような人だった。

私は、そんな母に反発し、母親の言動を反面教師として育った。母親は感情の起伏が激しく、自分の言うことは絶対で、その絶対も、昨日と今日とで正反対にふれる。母は一度怒りのスイッチが入ると感情を抑えることができなくなり、子どもに暴力をふるった。私はその理不尽さに、いつも唇をかんで耐えていた。母によって、私の反骨精神は、文字通り、叩《たた》き上げられたのである。

そんな母が、オムツをし、弱々しい姿で寝そべっている。母は、本当にすべてを失った。そんな母が、私の帰りの新幹線を心配し、早く帰りなさいと小声で囁《ささや》く。

「ありがとう、よくがんばったね。親孝行できなくてごめんね」

母の頬に自分の頬をくっつけて、ずっと言えなかった言葉を、なんとか言った。ぎりぎり、生きているうちに伝えることができた。

今生の別れを終えてから、かつて母と一緒に来た喫茶店に入った。母の日や誕生日に、母を連れて自分のお小遣いでケーキをご馳走《ちそう》した店である。店はそのままで、や

普通に歩いて帰ったのでは、も
がたがたいわせながら、無我夢中で
ながら家に着き、駐車場に母の車が
覚えている。挨拶もなく、黙って置い

シフトによっては、真夜中に帰宅す
な母を相手に、交換日記をつけていた。
おくと、帰宅した母がそこに返事を書いて戻してくれる。私は、そのノートを朝起きてから開くのが楽しみだった。

ある夜中に、ふと目が覚めたことがある。母が、私の頬に自分の頬をくっつけていた。いつもそうしていたのに私が寝ていて気づかなかったのか、それともその日はたまたまそうしたのか、わからない。母は、私がそれに気づいていたことを、知らない。けれどその記憶は、私を長い間支えてくれた。

今生のお別れの時、私は母に、同じことをした。初めて触れる母の頬は、柔らかく、つきたてのお餅のようだった。私が母の愛情を欲していたように、母もまた、私の愛情を欲していたのだ。愛してほしくて愛してほしくて、けれど不器用な母は、うまく

それが伝えられずに、自分の思いとは正反対の行為をし、私との距離はますます離れた。

母に癌があるとわかってから、私は、自分がこの人の親なのだと気持ちを切り替えた。私はもう、母に愛情を求めてはいない。母から愛されなくても生きていけるという自信があった。今は、ただ母という存在を丸ごと愛おしく感じる。愛情を受ける側から注ぐ側にまわったら、とても気が楽になった。

母も、誰かに愛されたかったのだと、今はそう思っている。

頬

体が弱り、少し惚《ほう》けた母親を見て、私は初めて、母を愛《いと》しいと感じ
愛しくて、ぎゅっとこの腕に抱きしめたくなった。

母は仕事を持っていた。時間に不規則な仕事で、場合によっては、夜の
にいなければいけなかった。そういう日は、勤務表に「夕方から」と書か

幼い私にとって、「夕方から」は恐怖そのものだった。夕方から母が出か
うことは、学校から帰った時に母が家を出てしまっている。となると、その次
るのは、当分先になってしまう。「夕方から」の日、母が車で家を出るのは、
時ぐらいだった。学校にいる間にその時間が来れば諦めもつくが、そうでない時
間が気になって仕方なかった。

その日は、本当にギリギリだった。小学一年生だった私は、学校が終わ
駆け出した。

嘘をつく

四十歳を過ぎるまで、私は母に追いかけられる夢を見てはうなされていた。理由ははっきりしている。幼い頃、母は逃げまどう私を追いかけて、手をあげたのだ。あの時の恐怖は、いまだに体と心の深い部分にしみついている。

母が私に手をあげる理由は、本当に些細《ささい》なことだった。幼稚園児に小学生の算数や漢字のドリルをとかせ、間違えると頬を叩く。逃げると、後ろを追いかけてきて、手をあげる。子どもの頃、私はいつも大声で泣いていた。子どもと大人では、どうしたって体力的にかなわない。親は絶対であり、それ以外の世界で暮らすなどという選択肢は想像すらできなかった。子ども時代の私は、理不尽さを抱えながら生きていた。

体が成長するにつれて、私は母の暴力から身を守ることができるようになった。でももいつ母に怒りのスイッチが入るのか、いつもいつも怯《おび》えていた。大人になっても、その恐怖はずっと消えなかった。

私の通っていた小学校は、毎日家で日記を書いては、次の日持って行って先生が目を通す、というのをやっていた。けれど、今日も母親に叩かれました、などと書ける訳がない。家の中に暴力があるということは、幼心にも、秘密にしなければいけないのだと理解していた。自分が暴力をふるわれているということは、そう簡単に人に言えることではない。

日常のことをそのまま書くことができない私は、日記に、物語の断片のようなものや詩を書いてごまかした。ノンフィクションは書けないので、物語にしてしまったのだ。そこで私は、公然と嘘をつく術《すべ》を覚えた。それを、先生が喜んでくれた。先生の感想が嬉しくて、私は熱心に日記を書いた。

結果的にそれが、私の「書く」原点になった。書いている間だけ、私は現実を忘れて自由になることができた。

もしも自分が平穏な家庭に生まれ育っていたら、母親が暴力をふるうような人でなかったら、今、私はこんなふうに文章を書いて暮らす日々は送っていない。作家になど、なっていなかった。書くことを私に与えてくれたのは、母である。それが、母からの最大のギフトだと思っている。

ここ一年くらい、母に追いかけられる夢を見ていない。最近見たのは、母が、私の作品がドラマ化される現場に、差し入れのさくらんぼを持って現れるという内容だった。夢の中で、私は母がその現場に来ているのがわかったけれど、追い返すことはしなかった。母は、少し離れた場所から、その撮影現場を興味深そうに見つめていた。

来世でも、また母と娘になりたいとは思わないけれど、まぁ、ご近所さんくらいならうまくやっていけるかもしれないかなー、とは思っている。

最終試験

たまに、とても仲睦《なかむつ》まじく話している母と娘がいる。お互いに人として尊敬し、母は娘を自分の所有物とはせず、ある程度の距離を保ちながら、親しく接している。そんな母と娘を見ると、本当に羨ましくなる。いいなぁ、と正直に思う。

私にとって、母との関係は、常に闘争だった。時に激しくぶつかり、時に無視することで、なんとかやってきた。早く家を離れたかったし、早く結婚して、別の家庭を持ちたかった。自分には帰る場所がないと割と早くから自覚していたので、私の自立心はたくましく育ったように思う。そういう意味では、母はとてもいい親だったと言えるのかもしれない。

どうしてこの親なのだろう、という漠然とした疑問が生まれたのは、一年くらい前のことだった。だって、子どもはどうしたって親を選べない。くじ引きのようなものなのだ。いい親に当たればラッキーだけれど、そうでない場合、子どもは大いに苦しめられる。

疑問が膨らんだ私は、ある日、思い切って占い師さんの元を訪ねた。生年月日と生まれた時間、場所で占ってくれるという。もともと占いをそれほど信じているわけでもない。でも、その時は藁《わら》にもすがる思いだった。何でもいいから、自分が母から生まれた理由付けが欲しかった。

占い師さんは、前世で、私が母親に借りがあるのだと言った。そうか、前世で私は何か母に助けてもらったのか。前世のことを言われては、私はもうどうしようもない。そのことを言われて、私はすとんと納得してしまった。だったら、母が私の親でも仕方がないかもしれないと。そして更に占い師さんは、今の困難は、私の魂の最終試験なのだと話してくれた。もしもこの試験に合格できるなら、私の魂はもう輪廻《りんね》転生することはなく、人間卒業になるのだという。

よっしゃー、とその時私は心の中でガッツポーズを作った。常々、もう人として生きるのはしんどいな、と思っていた。でも、この難関を突破できれば、それを卒業できるというのである。

もちろん、占いなので、事実かどうかはわからない。でも、私にはそれがたとえ事実でなくても、そう考えるだけで救いだった。私は、占い師さんの言葉で楽になり、母との問題を受け入れることができた。

何より、私は今、神様にテストされている、と思えるようになったことが収穫だった。あの時、占い師さんの元をたずねていなかったら、私はいまだに悶々《もんもん》とした日々を送っていただろう。

母を見送った今、私は難しい数学の問題を解いた後のような心境でいる。決して満点とはいえないけれど、及第点くらいは取れているといいと思う。

ワンピース

癌が見つかり、抗癌剤の治療をしたものの効果が見られず、母は退院して施設に移った。その時、荷物の整理がどうしてもできないので、母に来てほしいと頼まれた。母が施設に運び込んだ荷物は、ほとんどが不用品だった。「これはいる？」といちいち確認しながら、何十年前のものかと思う下着や服を、どんどんゴミ袋に詰めていく。施設で使えるのは、ほんのひとにぎりの衣類だけだった。

荷物の整理をするうち、一枚のワンピースに行き当たった。緑や青の地色に、芙蓉《ふよう》の花が描かれている。学校の授業参観や、家族で外食をする時など、母はよくそのワンピースを着た。その服に包まれると、母の表情が明るくなり、とてもよく似合っていた。

「これは、どうする？　残しておくの？　それとも捨てちゃう？」

そう尋ねると、母は一瞬まぶしそうな顔をして、そのワンピースを見つめた。それから、「またそれを着て外に行ければいいけどさ」と、声を詰まらせた。おそらく、次の夏まで命は持たないし、持ったとしても、もう着て行くような場面などどこにもないのである。

「じゃあ、いらないね。捨てちゃうよ」

そう言って、私はそのワンピースを丸めてゴミ袋に押し込んだ。母は、涙を拭っていた。ランチに行きたい、温泉に入りたい、そんな小さな望みも、結局は叶えてあげることができなかった。

母が亡くなったという知らせを受けた時、真っ先に脳裏をよぎったのは、あのワンピースのことだった。どうして捨ててしまったのだろう。あのワンピースを着せて、送ってあげればよかったと、自分の至らなさが悔やまれた。

生前の母に、私はどうしても聞いてみたかったことがある。あれほど、お金さえあれば幸せになれると豪語していた母だったが、果たして、今でもそう思っているのかどうか、ということだ。母は、自分の思い通りに生きて幸せだったのだろうか。それとも自らの人生を悔やんでいるのだろうか、私にはそれがずっと気になっていた。

ほとんど意識が朦朧《もうろう》としている母に、私は尋ねた。

「お母さんの人生は、幸せだった?」

すると、母は、かすかに笑って頷《うなず》いた。その母を、私はすごいと思った。たくさんの辛《つら》いことがあったのに、それでも自分の人生は幸せだったと言えるのだから。

きれいな夕焼けの空を見ると、私は決まって、母の死化粧を思い出す。もうずっとよそ行きの服など着たことのなかった母が、最後は新しい服に袖を通し、きれいにお化粧され、大好きな花に包まれていた。そんな穏やかな表情を浮かべている母を、私はほとんど見たことがなかった。永遠の眠りについた母は、とても優しく美しかった。

たからもの

母と電話で話した最後は、私の四十三歳の誕生日当日だった。施設からだった。その前にしばらく電話がなかったので、かかってこないだろうと思っていた。母は、ちゃんと私の誕生日を覚えていた。「お誕生日、おめでとう。ひどい親で、本当に悪かったね。ごめんね」母は言った。「大丈夫だよ」私は答えた。ある面で、それは事実である。でも私は、母がそのことを謝ってくれたから、もうそれで十分満足だった。

その次に電話がかかってきた時、私は呼び出し音に気付かず、出ることができなかった。留守電に、母からのメッセージが残されていた。「次はどんな作品を書くの？がんばってね」弱々しい声だった。そんなこと、今まで一度も言われたことがなかったので、不意をつかれた。そのメッセージを反射的に消してしまったのだが、消してから、残しておいた方がよかったと後悔している。

これまで、エッセイでもインタビューでも、母親の話題に触れたことはほぼなかった。母の話は、私にとってタブーであり、道端にできた水たまりのように、私はいつも、そこを避けて通ってきた。

おそらく母は、自分のことを書いてほしかったに違いない。私が家族の話題で触れるのは、常に祖母のことばかり。祖母は母にとっての実の母親であり、祖母もまた、母に思いっきり泣かされた人間のひとりである。私は祖母と過ごす時間が長く、おばあちゃん子だったので、家族と言われて真っ先に思い浮かぶのは、祖母なのだ。

そんな私が、母のことを書いている。母の四十九日が済むまで、母のことを話題にしてあげようと決めたのだ。四十九日の間は、まだ魂がこの世をさまよっているというから、もしかすると母も、この文章を読むかもしれない。これは、私なりに考えた供養なのだ。

今生のお別れをした後、私は悲しくて悲しくて仕方がなかった。あえて心を不感症にしておかないと、ふとした拍子に涙がこぼれて、止まらなくなってしまう。私はふだんハンカチというものを全くといっていいほど使わないのだが、その時は、手元にハンカチがないと困るので、常に持ち歩かなくてはいけなかった。

その後、メールボックスを整理していたら、「たからもの」と名付けたフォルダーから、十年ほど前に母がくれたメールが百通ほど出てきた。自分でも忘れていたので、驚いた。

そこには、私が見過ごしていた母の姿があった。私たちにも、こんなにいい時代があったのだ。今は、そのことに感謝して生きていこう。なくしたものを嘆くのではなく、今、手のひらに残っているものを、大事にして生きていこう。母も、きっとそれを願っている。

憂鬱な日

ずっと、この日が来るたびに憂鬱《ゆううつ》な気分になっていた。母の日だ。心から純粋な気持ちで母親にカーネーションを贈ったのは、おそらく数えるほどしかない。カーネーションは、私にとって、世間体を押しつけられるような気持ちになる花で、母の日が巡ってくるたびに、なんだか複雑な気持ちになっていた。

母親が子どもを愛し、子どもも母親を愛する、というのは理想的だと思う。もちろん、私だってそうありたかった。けれど、現実にはそうなれなかった。

母親との確執で何が辛かったかというと、それ自体も辛かったが、それ以上にそのことを周囲になかなか言えないこと、理解してもらえないことだった。

親に恵まれた人には、親が子どもを傷つけるなんて、想像すらできないらしい。けれど、現実には我が子を平気で傷つける親はいるわけだし、事件にまで至らなくても、日々の暮らしの中で、意識的、あるいは無意識に子どもの心を傷つけ、致命傷を負わせる親はいる。

親子関係というのは、私はくじ引きみたいなものだと思っている。子どもは親を選んで生まれてくる、なんていう説もあるけれど、私はあまり信じない。中には、そういうはっきりとした意思を持ってその親を選んでやって来る子もいるのかもしれない。けれど、少なくとも私は、そうではなかったんじゃないかと思う。

大吉を引いていい親に当たればラッキーだけれど、運悪く凶なんか引いてしまった場合、子どもは本当に苦労する。ある程度の年齢に達するまで、子どもは親元を離れられない。その間に、心や体に大きな傷を負ってしまったら、その子どもは一生、それを背負って生きていかなくてはならなくなるのだ。親が子どもに及ぼす影響というのは、計りしれない。

私の場合、母が生きている間は、なかなかいい関係を結べなかった。私は決して優しい娘ではなかったし、母を傷つけたこともたくさんあった。けれど、母が亡くなってから、少しずつ、母の苦労や辛さ、悲しみが理解できるようになった。今は、心から母の人生をたたえている。そして、産み、育ててくれたことに感謝している。母は、本当によくがんばった。

私は初めて、母のことを赤裸々に書いた。もしかしたら、書かなくてもいいのかもしれない。けれど、私は、同じように親との関係で苦しんでいる人に、伝えたいのだ。苦しんでいるのは、あなたひとりではないのだ、ということを。

私と母との闘いは不毛に終わったけれど、そのことが、誰か他の人の役に立てるのなら、それは母にとっても喜ばしいことなのではないかと思う。母自身は、晩年、多くの人に迷惑をかけてしまったけれど、死後、少しでも誰かの役に立つことで、その罪滅ぼしができることを願っている。これからは、母の日に思いっきりカーネーションを飾りたい。

鉄瓶

朝起きたら、まずお湯を沸かす。そのための鉄瓶は、わざわざ日本から送ったものだ。電気ケトルもあって、その方が驚くほどあっという間に沸くのだけれど、私は、どうしてもお湯は鉄瓶で沸かしたくなる。気のせいかもしれないが、電気ケトルで沸かしたお湯と鉄瓶で沸かしたお湯とでは、味が違うように感じるのだ。電気ケトルのお湯は、早く沸く分、冷めるのも早いような気がしてしまう。それに、なんとなくだが、水が急に沸かされたことに対して怒っているように感じるのだ。

鉄瓶に水を入れて沸騰させたら、すぐに止めるのではなく、しばらく沸かしたままにしておく。自慢じゃないが、ベルリンの水はカルキがすごい。水道管自体がとても老朽化しているので、日本のように、水道水をそのままゴクゴク飲むという気分にはなれないのだ。水に関しては、完全に日本の方が優秀である。

しばらく沸騰させたら、お茶をいれる。そしてそれを、仏様用の小さな茶器にまずは注ぎ、それから自分のマグカップにも注ぐ。

公園を見渡せる窓の一角に、仏壇を作った。仏壇と言っても、いわゆる観音開きの仏壇ではない。仏様もまだないので、青い鳥の置物を仏様に見立てて、そこにお茶とお線香立てを置いている。

朝一番のお茶を供えたら、お線香をともして空に向かって手を合わせる。そして、ご先祖様に感謝の気持ちを捧《ささ》げ、母のことをよろしくお願いします、と頭を下げる。それから、お母さん、今日も一緒にがんばりましょうね、と心の中で話しかける。これが、私の毎日の日課になった。

ただし、母が亡くなるまでの私は、全く信心深くなかった。死んだらゼロになると思っていたし、お墓という存在自体に疑問を感じていた。けれど今は、祈ったりすることがいかに大切かを実感している。命がなくなったからといってその存在が無になるわけではなく、私の中ではむしろ、母という存在が色濃く浮かび、離れ離れになったというよりは、常に一緒にいて行動を共にしているような感覚なのだ。今は、母だけでなく、ご先祖様というすべての存在に守られているのだと感じる。それは母が、自らの身を持って、私に教えてくれた大切なことの一つだ。

朝、お仏壇に供えるお茶をいれるたび、母が毎朝お弁当を作ってくれたことを思い出す。母が私にしてくれたことに較《くら》べたら、私が今母にしていることは本当に小さい。やっと、そのことに気づけた。

ベルリンで使っている鉄瓶は、私が幼い頃、夏休みに母とメダカをとりに行っていた川原の砂鉄から作られたものだ。小学生の夏休み、私は母と川原に遊びに行くのが楽しみで楽しみでならなかった。

鉄瓶でお湯を沸かすたび、脳裏に幼い日の夏休みが蘇《よみがえ》ってくるのである。

アイスクリーム

ベルリンには、おいしいアイスクリーム屋さんがたくさんある。しかも、安い。外食をした帰り、デザートとしてアイスクリームを食べることもあれば、友人と会うのにアイス屋さんで待ち合わせをして、そこで一、二時間おしゃべりに夢中になることもある。アイスクリームは男の人もよく食べていて、ビシッとスーツを着たサラリーマンが、仕事の帰り、嬉しそうにアイスクリームをほおばる姿は、いつ目にしても微《ほほ》笑《え》ましいものだ。

家族同士、恋人同士、友人同士で、一ユーロちょっとのアイスクリームをことのほか楽しめるのは、ベルリンの魅力のひとつだと思う。たったひとつのアイスクリームを食べることが、一日の最大の楽しみになることさえ珍しくないのだ。今日は、どこのお店の何のアイスクリームを食べようか、と想像を巡らせるだけで、なんだか心が弾んでくる。

生前の母に最後に会ったのは、亡くなった年の元日だった。もう自らの声で意思を伝えることができるような状況ではなくなっていた。食事も食べられない状態で、熱があったせいか、ずっと苦しそうにうなされていた。私はそんな母のそばにいて、手を握ったり、たまに声をかけてあげることしかできなかった。

一度東京に戻ることにした私は、そのことを母に伝えた。生前の母に会えるのは最後になるかもしれない、とわかっていた。「最後だから笑って」と母にお願いしたら、母はちゃんとその言葉の意味を理解し、笑ってくれた。

病院を出て、泣きながら駅まで歩き、新幹線の改札を通った時、私はむしょうにアイスクリームが食べたくなった。冬だし、寒いし、そういう時、私はアイスクリームなんか食べたくない。食べたくないはずなのに、強烈に体が要求するのである。

その衝動を止められなくなって、私は駅の売店に駆け込んだ。けれど、私がふだん食べているようなアイスクリームは売っていない。仕方がないので、ラ・フランス味だというカップ入りのアイスクリームをひとつ買って新幹線に乗り込んだ。

私には妊娠の経験がないから想像にすぎないけれど、あの強烈な衝動は、つわりのような感覚なんじゃなかったかと思っている。それは、とても不思議な体験だった。

結局、母はそれから数日後に亡くなったのだが、後から思うと、あの時、母は病床で、ものすごくアイスクリームを食べたかったんじゃないかと思うのだ。病室の母の引き出しには、アイスクリームを買ったレシートが何枚も残されていた。けれど、もう自分では買いに行けず、誰かに頼むこともできなくなっていた。その気持ちが、私に伝わったのかもしれない。そうとしか、考えられない。だから、アイスクリームを食べる時は、天国の母も一緒に食べているのだと思うことにしている。

雌鹿の置物

私はそれほど霊感が強い方ではないし、怪奇現象にもほとんど遭遇したことがない。せいぜい、金縛りにあう程度だ。そんな私でも、母が亡くなってすぐの頃は、幾度か不思議な経験をした。

わが家のトイレには小さな棚が取り付けてあり、私はそこに、ドイツのある地方で手作りされている木彫りの鹿の置物を並べて置いている。大きさはどれも五センチ前後で、精巧に作られた四本の脚でうまくバランスを取り、自立することができる。

母が亡くなって一週間くらい経った頃だろうか。きちんと立てて並べておいたはずなのに、雌鹿《めじか》だけが、床に落ちていた。最初は何かの拍子にバランスを崩して落ちたのだろうと思い、また元の場所に戻しておいた。けれど、同じことが二度、三度と続いたのである。しかも、私が置いておいた場所から落ちるにしては、あまりにもおかしな場所に横たわっているのだ。どう考えても、ここから落ちたらそこにはいかないはずの、不自然な場所に落ちているのである。

ふと、夫がいたずらをして私をからかっているのかと思い尋ねると、そんなことは全く心当たりがないという。しかも、落ちているのはいつも決まって雌鹿だけなのである。

もしや、私の身に何らかの危険が迫っていて、それを母が必死に伝えようとしているのだろうか。次に考えたのは、それだった。不吉な予感に、胸が苦しくなった。けれど、何度目かに雌鹿の置物を拾い上げた時、ふと、もしかして母が「こんなこともできるようになったよ」と私に伝えようとしているのでは？　という思いにたどり着いた。

今から振り返ると、母は、私に褒められたかったような気がする。子どもに愛情を注ぐのではなく、子どもからの愛情を求めていた。けれど、それが叶わない時、母は混乱し、時に自分の衝動を抑えられなくなったのかもしれない。とても簡単なことなのに、私は母を失ってからそのことに気づいて愕然とした。

それからは、雌鹿の置物が下に落ちているのを見つけるたび、心の中で、大いに母を褒めるようにした。すごいねー、すごいねー、もっとやってみて、と。そうすると母は、私の脳裏でとても嬉しそうに、誇らしげに笑うのである。本当は、母が生きているうちに、そういうことをしてあげるべきだった。

もちろん、真実はわからない。けれど、私はそう信じることで、自分の何かが少し救われるように感じた。母という存在を身近に感じ、一緒にいると実感することができたのは、私にとってささやかな安らぎとなった。

それから数カ月が経ち、私はあの頃ほど母を身近に感じることはなくなった。果たして、母はお盆に再び会いに来てくれるだろうか。どうか来てほしい。そして、生前の分まで手厚くもてなしてあげたい。

運動会の栗ご飯

私が子どもの頃、運動会はもっぱら秋に行われる行事だった。秋といえば、食欲の秋。運動会そのものはあまり覚えていないのだが、運動会のお昼に食べるお弁当が楽しみだったことは、今でも鮮明に覚えている。

運動会が近づくと、母は仕事の帰りにいくつか青果店に立ち寄って、その年の栗の出来をチェックし始める。その日のお弁当は、必ず、栗ご飯と決まっていた。そして、今年はどこそこの店の栗がいいとか、今年は去年よりも高いとか安いとか、その年の栗情報を報告した。あまりいい栗が手に入らなそうな時は、今年はまだ小さいのしかないと嘆いて、しょんぼりと肩を落としていた。

青果店巡りの末に今年のナンバーワンの栗を決めると、運動会の前日にそれを買ってきて、皮を剝《む》き、当日の朝、栗ご飯を炊いてくれた。もち米を混ぜて炊く母の作る栗ご飯は、ほんのりお醬油味で、冷めてもおいしかった。おかずなどなくてもいいくらいで、栗ご飯さえ食べられれば、私にとっての運動会は完結したも同然だった。

よく、店で売られている栗ご飯で甘い栗の甘露煮を使ったのがあるけれど、私は苦手である。あれだと、お菓子を食べているような気分になって、どうもいただけない。栗ご飯はやっぱり、生の栗を剥いたのでなければ、栗本来のおいしさが味わえない。

が、言うは易し、行うは難しである。数年前、一念発起して、自分で栗ご飯に挑戦したのだが、想像をはるかに超えて大変だった。なんとか手間を省こうと栗の皮を簡単に剥く方法を調べたものの、基本的には、鬼皮も渋皮もひとつひとつ手作業で剥くしかなく、それはまさしく骨の折れる作業だった。熱湯に数時間つけると鬼皮は少し楽に剥けるようになるが、渋皮の方はコツコツと包丁で剥いていくしかない。

途中から手がしびれ、肩もこり、目も疲れてくる。けれど、油断すると包丁の刃先で指を切りそうになるので、真剣勝負だ。すべての栗を剥き終わった時には心身共に疲れ果て、もう二度と栗ご飯など作るものかと弱音を吐いていた。その上、苦労して作ったわりに夫が栗ご飯を喜んで食べなかったりすると、ますます落胆してしまう。

夜遅くまで、母が包丁を手に栗の皮を剥いていた後ろ姿を思い出す。私が一回で音をあげてしまったような作業を、母は毎年、一言の文句も言わずにしてくれていたの

だ。
それはひとえに、娘の喜ぶ顔が見たかったからなのだろう。そのことにやっと気づいて、涙がこぼれた。
晩年、母は山で拾ってきた栗を剝いて、それを栗ご飯にして送ってくれた。山栗は、市販の栗よりもっともっと小さい。剝いたらほとんど食べるところがない程だった。あの小さな栗こそが、母からの愛情だったのだ。

優しさと強さと

二〇一七年は、相次いで両親を亡くした年だった。ラトビアの自然信仰では、林檎《りんご》の木が孤児を守るご神木とされており、いつかは誰もが孤児になると考え、家の庭には林檎の木が植えてあるという。その考え方からすると、私も孤児になったのである。

母は、良きにつけ悪《あ》しきにつけ強烈な人だった。自分が絶対に正しいと信じて疑わず、他の人から意見されると手がつけられなくなってしまう。いつしか父は、母に違う考えをぶつけるのをやめ、従順に従うようになった。そうしなければ、父自身が生きていけなかったのだろう。自分を殺し、現実を直視するのをやめ、どこか別の世界でひっそりと生きていた。父は温和で、人当たりがよく、思慮深い人だった。

だからなのか、父は確かに家にいたはずなのに、なんだかいなかったように感じてしまう。私の小説に「父親」という存在があまり登場しないのは、無意識にせよ、そういう背景が影響しているのかもしれない。父は、私にとって透明な存在だった。

それでも、私が幼い頃は、子煩悩で、とても優しかったと記憶する。私はよく、父のあぐらの上でテレビを見たりしていた。父はしばしば、私を連れて公園へ行ったり買い物へ行ったりしてくれたそうだ。

今でも覚えているのは、父が、私を移動動物園に連れて行ってくれたことで、その時、一緒に白いライオンの子どもを見た。父と二人で外出した時の、なんとなく心もとない気持ちを、今でもぼんやり覚えている。

私が小学生の三年か四年の時、父が交通事故にあった。仕事を終えて帰宅する途中、車にはねられたのだ。警察からの電話を受けたのは、私だった。「お父さんが交通事故にあった」と言われ、脳裏に血まみれの父が浮かんで私は唖然《あぜん》と立ちすくんだ。すぐに、祖母や姉たちと共に病院に駆けつけた。

父は、靭帯《じんたい》を切っており、数時間に及ぶ手術を受けた。手術が無事成功した時、母が人目もはばからずに泣いていた。

その後父はリハビリに励み、驚異的なスピードで回復したが、今から思うと、あの時の交通事故が転機となり、父は自分の理想とする仕事内容から遠ざかっていったようである。それでも父は、定年を迎えるまでサラリーマン生活を続けた。

父の人生は、幸せだったのだろうか。もし父が、早い段階で母と別れる選択をしていたら、父の人生も、そして私の人生も、違っていただろうと想像する。血縁というのは、時に厄介で、手ごわい。絆《きずな》にも、呪縛にも、両方なりえる怖さがある。

父が倒れる前、最後に食べたのは、私が作った牛肉とゴボウの炊き合わせだった。それは、父の実の母である私の祖母の得意料理だった。父から学んだ優しさと、母から学んだ強さを手に、これからは、孤児としての人生を歩んでいく。

手作りの仏壇

母が亡くなって、季節が一周した。全く信心深くなかった私が、今では毎朝手を合わせ、祈りをささげている。仏壇と言えるほど立派な物ではないが、ベルリンのアパートの窓辺に、祈りのコーナーを設けた。

最初は、何もなかったので友人がプレゼントしてくれた鳥のペーパーウエートを置き、そこにお茶を供えて拝んでいた。線香立てに使っているのは、大好きなガラス作家の器だが、ある時、中国茶を飲もうと熱いお茶を注いだら、ヒビが入ってしまった。液体を入れて使うのはもう無理だが、灰は入れられるので、その器を線香立てに見立てて使っている。

お茶を入れているのは気に入って買ったお猪口《ちょこ》で、高坏《たかつき》にはお菓子などを載せている。鈴《りん》は、いつもお世話になっている担当編集者からのプレゼントで、本当にいい音が響く。一輪挿しには、母が好きだった野の花を、なるべくいけるようにしている。

仏様は、京都の若い仏師が作られたものだ。白い陶でできていて、片手にちょこんとのる大きさだ。何もかも小さいので、なんだかおままごとをしている気分になる。そこに、ろうそくが加わったのは、最近のこと。こうして、いつの間にか、手作りの仏壇が出来上がっていた。

朝、お猪口に温かいお茶を注いだら、お線香をたき、手を合わせる。手を合わせた先にそびえるのは、ベルリンのシンボル、テレビ塔で、そこに立つと、自然と空に向かって祈る格好になる。

心の中で唱える祈りの言葉は、ほぼ決まっている。

「お父さん、お母さん、おじいちゃん、おばあちゃん、ご先祖様、命のつながりのすべてに感謝します。いつも温かく見守ってくださり、ありがとうございます。今日も一日すこやかに過ごせますよう、お守りください。生きとし生けるものが、幸せでありますように」

細部はその時々によって変化するが、基本的には大体、こんな内容である。それから自分のお茶を飲む。

父や母が亡くなってからの方が、私は両親を身近に感じる。そして、目に見えない多くの存在に、しっかりと守られているような、そんな実感を抱くようになった。

さて、命日の日。私は朝から張り切ってお線香を立て、母の好物だったケーキをお供えした。故人の好きだった食べ物を口にすることが供養になると聞いて以来、そのことを意識するようにしている。晩ごはんには、母が以前、お祭りの屋台でチヂミを食べて喜んでいたことを思い出し、韓国料理屋に行ってチヂミを食べた。十年以上も前にもらった母からのメールを読み直し、心の中で、たくさん、母に話しかけた。

と、感慨深い一日を過ごしたのだが、なんと命日を一日間違えていて、本当は翌日だということが判明した。そんな訳で、二日連続でケーキのお相伴に与《あずか》ったのだった。

娘としての私は、そんな程度である。

第三章

お金をかけずに幸せになる

物欲が消える

ベルリンにいて楽なのは、お金を使わなくちゃ、という強迫観念にかられないことだ。ベルリンに住んでいる人たちは口々に、ここにいるとどんどん物欲がなくなる、と言う。

ベルリナーにとって、いかにお金をかけずに楽しく生きるか、というのが人生の大きなテーマになっているのだ。だから、本当にお金がない人も、実はお金を持っている人も、競うように「お金をかけずに幸せになる暮らし方」を模索する。

私もそうだ。ベルリンに着いた瞬間から節約モードのスイッチが入って、どうしたら無駄なお金をかけずに楽しく生活できるかに、日々頭を悩ませている。それは、ちょっとしたゲームみたいなもので、面白い。そういうユーモアが、私にはとても心地よく感じられる。

自分では不要になった物を家の前の道路に出しておくのも習慣になっているようで、

たまに、コップやお皿、家具などが無造作に置いてあったりする。「ご自由にどうぞ」という意味合いの互助システムで、こんなもの、持っていく人がいるのかしら？といぶかしく思っていても、二、三日の間にちょっとずつ数が減って、気がつけばすべてが綺麗《きれい》さっぱりなくなっている。

私も、何度かいただいた。日本だと、人の目を気にしたりしがちだけれど、ベルリナーは、使えるものはとことん使う。ゴミとして処分するのは最終手段であって、それまでは、アイディア次第で、いろんな風に活用する。自転車だって、部品の段階まで分解し、パーツ毎《ごと》にそれぞれ再利用する。

この間は、長靴や手動の肉挽《ひ》き機が植木鉢として使われていたし、あるアーティストは、エスプレッソマシーンの一部を小さな卓上ランプの傘として再利用していた。どれも、くすっと笑える粋なアイディアで、なるほど、こういう使い方もあるか、と思わず手を打ちたくなる。

日本にいると、お金を使って消費することこそが、幸せになることだと信じ込まされているふしがある。だから、お金を手に入れるために、残業したり、休日出勤したり、時には体を壊してまで、がんばって働く。企業も、あの手この手で、消費者のお財布の中身を狙っている。もちろん、新しい服を買ったり、流行《はや》りのレストランに行ったりすることも楽しい。けれど、ベルリンみたいに、お金をかけなくても幸せになる方法というのも、あるんじゃないかと思うのだ。

遠くから日本を見ると、日本自体が巨大なショッピングモールのように思えてくる。サービスという名のもとに、何をするのにもお金がかかる。お財布から、お金がどんどん飛んでいく。だから私は、日本にいる時、少なくとも日曜日くらいは、お金を使わずに生活しようと思っている。それは、なかなか難しい試みではあるけれど。

なくてもいいもの

持たない暮らし、が脚光を浴びている。私も、なるべく手ぶらでいたい方だ。それは、普段の外出の時も、人生という大きな旅においてもだ。持たなくていいものは、極力持ちたくない。

車は、そもそも免許からして持っていない。地方ではそうも言っていられないのだろうが、都会に暮らす限り、車はそれほど必要ない。移動には電車やバスを使うし、荷物が多かったり急いでいる時はタクシーのお世話になる。

自転車は、住んでいる集合住宅の住人が共同で使えるレンタル自転車があるので、必要な時はそれを借りて乗っている。自転車も、なければないで、なんとかなる。

携帯電話も持っていない。恥ずかしい話、私はいまだに、携帯電話を渡されても、使い方がわからない。うっかり変なボタンを押してしまい、あわてふためくのが常である。基本的に家で仕事をしているので、自宅に固定電話があればそれで十分事が足りるのだ。

今でこそ子どもからお年寄りまで、老若男女に普及している携帯電話だが、三十年ほど前までは、本当に一部の特殊な職業の人しか持っていなかった。

実家もそうで、あるのは古めかしい黒電話一台だけ。しかも置いてあるのは茶の間。その頃は子機なんてまだなかったから、友達からかかってこようが、ボーイフレンドからかかってこようが、家族のいる前で言葉を選びながら小声で話さなくてはいけなかった。

でも今は、直接相手につながってしまう。しかも、誰からかかってきた電話かも、受ける前からわかってしまうのだ。異性の家に電話するのに、ドキドキしながらダイヤルを回す時代はもう終わった。そもそも、ダイヤルを回すという表現自体が、死語になりつつある。

携帯電話の登場によって、男女の関係も変わったのだろう。以前は、道ならぬ恋をするのにも、事前に次の逢瀬《おうせ》の約束を交わしたりと、それなりの苦労があったと思う。けれど今なら、携帯電話で簡単に相手と連絡がとれる。

私の好きな作家、向田邦子さんの代表作『阿修羅のごとく』に好きなシーンがある。

不倫中の夫が、公衆電話から愛人に電話をかけるつもりが、つい間違って自宅の番号にかけてしまうのだ。妻は夫からの間違い電話の声を聞いて、夫の不貞を確信する。けれどそれも、公衆電話だから意味があるのであって、今ではその設定自体が成り立たない。携帯電話が普及したおかげで、道ならぬ恋も随分しやすくなったのではと推測する。

大多数の人にとってはもうそれほど必要のない公衆電話だが、私にとってはまだまだ必需品である。持たない暮らしも、それはそれで多少の苦労はあるのである。

ラトビアの十得

人生の心得、というほど大げさなものではないけれど、わが家のトイレには、一枚の手書きのメモが貼られている。それは、ラトビアに古くから伝わるという十得を、私なりにわかりやすい日本語へ訳したものだ。

なぜトイレの壁にしたかというと、そこだと、日に何回かは確実に目に触れる場所だから。座った時、ちょうど目の高さにくるよう、少し下の方にペタッとマスキングテープでとめてある。こうしておけば、お客様がいらした時なども、お仕着せがましくならず、大切なメッセージを伝えることができる。

でも、いきなりラトビアといっても、頭に疑問符が浮かぶ人がほとんどだろう。私だって、そうだった。ラトビアがどこにある国かも、首都がなんという名前かも知らなかった。そんな私が、今、すっかりラトビアの虜《とりこ》になっている。自分の、魂のふるさとだと信じているのだ。

出会いは、二〇一五年の夏だった。この地を舞台にした物語を書くにあたり、取材で一週間ほどプレスツアーに参加した。その時、まじめで美しく、足ることを知りながら豊かに楽しく生きている人々の姿に衝撃をおぼえた。

そんな彼らの生き方や考え方の根本を支えているのが、ラトビアに古くから伝わる自然崇拝なのである。日本における八百万《やおよろず》の神と同じように、ラトビアにも太陽や大地や木や水など、森羅万象さまざまな自然に神さまが宿る。そして、神さまは人々の暮らしの中に息づいている。

ラトビア人にとっての大切なことをうかがったところ、教えてくれたのが十得だった。それを、私なりに解釈したものが、トイレの壁に貼ってあるのだ。

「常に、正しい行いをしましょう。隣の人と仲良くしましょう。自らの知識や能力を社会のために惜しみなく差し出しましょう。まじめに楽しく働きましょう。それぞれの役割を果たしましょう。向上心を忘れずに、自らを洗練させましょう。家族や隣人、故郷、自然など衣食住のすべてに感謝しましょう。どんな状況におちいっても朗らかに明るく受け止めましょう。ケチケチせず、気前よくふるまいましょう。相手の立場に立って寄り添いながら生きていきましょう。」

ラトビアに伝わる教えでは、規制するのではなく、～しましょう、と呼びかける。人間の、本来持って生まれた正しさというものを信じている点がとても素敵だと思う。そして、これら十の教えのバランスをとりながら生きることが、とても大切なのだと教わった。
以来、この十得が、私の暮らしの、ひいては人生の指針になっている。私も、朗らかに、清く正しく、生きていきたい。

裸雛

大船まで、お雛《ひな》様を見に行ってきた。丁寧に手入れをされた古い日本家屋のギャラリーには、たくさんのお雛様が並んでいる。いつの時代でも、お雛様はいいものだ。

何段飾りだったかは忘れたが、実家にも古いお雛様があった。桃の節句が近づくと、父が段を設置し、そこに赤い布をかけて、お雛様を並べていた。

母は、明治時代だかに作られた古いお雛様だと自慢していたけれど、私はどうも苦手だった。箱の中から取り出す際に首が取れていたり、髪が乱れていたりするので、子どもの頃は、お雛様と一対一で対峙《たいじ》するのが怖かった。

大人になってから自分で集めたお雛様は、素朴な土人形だ。私のふるさと、山形県の庄内地方に伝わる鵜渡川原《うどがわら》人形で、江戸時代に、北前船で京都から伝わった伏見《ふしみ》人形が原型とされている。木型に粘土を詰めて取り出し、それを乾燥させて素焼きにし、そこに膠《にかわ》でといた胡粉《ごふん》と呼ばれるものを塗り重ねて下地を作り、更に顔料を塗って色をつけるという。

江戸時代の末頃に大石助右衛門さんが作りはじめ、以来、代々大石家の本家や分家の人の手に受け継がれてきた。そして今は、伝承の会のみなさんが、昔ながらの作り方を守ってこの土人形を作り続けている。

私の持っているお雛様にも、裏にそれぞれ、大石やゑさんの名前が刻まれている。まず最初にお内裏《だいり》様とお雛様を、次に三人官女を、その次に五人囃《ばや》子《し》を、順に少しずつ集めていった。ただしわが家には雛壇にして飾るようなスペースがないので、横一列に並んでもらうスタイルだ。満員電車並みにきゅうきゅうで申し訳ないが、仕方がない。

日々の忙しさにかまけて飾れない年もあるものの、今年は余裕をもって飾ってみた。娘がいる家では、婚期が遅れるなどといって早々に片付けてしまうようだけど、わが家にはそういう心配もないので、お雛様は桜が咲く頃まで飾っている。土人形なので、おどろおどろしさがなく、素朴でほっこりしているのがいい。みなさんそれぞれ、とても徳のあるお顔をしている。

鵜渡川原人形と並んでもうひとつ大切にしているお雛様が、大阪の住吉大社の土産物、裸雛だ。こちらは文字通りすっぽんぽんのお雛様で、一応、お内裏様は笏《しゃく》で、お雛様は扇で大事なところは隠しているものの、裸は裸である。お雛様というと豪華な衣装が目を引くけれど、こちらは真逆《まぎゃく》で身につけているものは一切ない。見ると、つい笑ってしまう。

どんなにきらびやかな衣装で着飾っても、所詮《しょせん》裸になればみんな一緒よ、と励まされているような気持ちにもなる。妙に達観しているように感じるのだ。

ちなみに裸雛は、一年中顔を見られるよう、食器棚の片隅に飾っている。

ベルリンのもったいない精神

ベルリンでは、物々交換のシステムがいまだに健在だったりする。何かをしてあげたお礼に何かをもらったり、そういうことが日常茶飯事だ。

友人からアパートを引き継ぐ際も、物々交換で出費を最小限に抑えることができた。友人がベルリンに家財道具を残していってくれたので、私も、本来であればベルリンに送らなくてはいけなかった電化製品や家具や食器を、友人の日本での新居に送り届けた。

これはいる、とかそれはいらない、とか多少面倒ではあったけれど、ただお金を出して新品を買うのではなく、使える物は持ち主を変えて使い続ける精神はとてもいいと思う。何より、友人が大切に使ってきたものを譲り受けたり、逆に自分にとって愛着のあるものを友人が引き続き使ってくれることで、ものにも歴史が生まれ、ものとしての生命力が強くなるような気がする。

ベルリンでは、まだ使えるものをゴミとして処分することはありえない。自分にとっては不要になったものでも、誰か他の人にとっては使えるものかもしれないので、そういうものが出た時は、家の前に置いておくと、たいてい目にした誰かが家に持ち帰っていく。私も、あまりに重くて使えないフライパンなどを路上に置いてみたのだが、どれも、数時間のうちになくなっていた。このシステムは、自分にとっても相手にとっても本当に便利で楽である。

日本だと、自分が不要になったものは、お金を払って引き取りにきてもらうシステムだが、東京のマンションを見ていても、まだまだ使えそうなものがゴミとして出されていて、もったいないなぁと感じる。ベルリンのシステムが日本にも広まれば、ゴミの量をずいぶん減らせるだろうと思うけれど、それはやっぱり難しいのかもしれない。ベルリンでは、高いお金を払って新しいものを買わなくても、いただきものや拾ったもので十分やりくりすることが可能だ。そういうところが、暮らしやすさにつながっているのだと思う。

また、再利用の仕方も独特で、自分の見立てやアイディアで、本来の使い方以外の使い方を上手にやっている。先日通りかかったカフェでは、小ぶりの古いバスタブに土を入れて、花壇にしていた。他にも、思わずくすっと笑ってしまうような面白い使い方をよく見かける。想像の翼を働かせれば、まだまだ使い道があることを教えてくれるのだ。

第二次世界大戦末期、ベルリンではひどい地上戦が繰り広げられた。町は廃墟《はいきょ》と化し、瓦礫《がれき》の山に覆われた。戦地に赴いていた男性に代わり、女性たちが瓦礫の山からまだ使えるものを拾い集めて、町の復興に尽力したという。ベルリンのもったいない精神は、そんな過去に由来しているのかもしれない。ゴミなどないと言い切るベルリナーが、私にはとてもかっこよく見える。

素敵なシステム

東京の自宅のすぐそばに、豚や鶏を飼っている農家がある。もともとは江戸時代から続く植木屋さんで、広大な敷地にはたくさんの植木が茂っている。その一角で、養豚や養鶏を営んでおり、そこから出た厩肥《きゅうひ》が畑での農業にも使われているのだ。

わが家で買うのは、もっぱらそこで採れた卵だ。ひとパック五百円というのは、妥当な値段だと思う。家の前に無人販売機があり、卵の他にも、新鮮な野菜や花が並んでいる。

私は、犬の散歩のついでに立ち寄るのが日課となっており、産みたての卵やいい野菜に出会えたときは、ほくほくした気分になる。

何より、無人販売機というのがいい。買いたい人は、その分だけ郵便受けのような小さな箱にお金を払っていく。このシステムがちゃんと成り立つことを誇らしく思っていたのだが、この夏を境にして、買い方が変わってしまった。

どうやら、五円や十円で卵や野菜を持って行ってしまう人がいるらしいのだ。それで、無人販売という形ではなく、ロッカーに野菜などを並べるシステムへと変更になった。残念なことである。みんながきちんとルールを守れば、わざわざロッカーを設置することもなかったのに。

私がこの夏を過ごしたベルリンは、地下鉄やトラム（路面電車）、鉄道に乗る際、改札機を通らない。切符は自分で機械に通して、乗車開始の日付と時間を刻印する。ただし、抜き打ち検査というのがあって、たまに、私服姿のスタッフが、検査にやってくる。そして、もし切符を持っていなかったり、持っていたとしても刻印がされていなかったりなど無賃乗車が発覚すると、六十ユーロという高額な罰金を絶対に払わなくてはいけなくなるのだ。

驚くのは、無賃乗車している人がほとんどいないという現実だ。おそらく、子どもの頃から習性として身についているのだろう。

わが家の近所の無人販売機でも、大多数の人はきちんとお金を払って野菜や卵を買っていたと思う。けれど、ほんの一部の心無い人たちの行為によって、そのシステムが機能しなくなるというのは、とても残念なことだ。何より、丹精込めて育てた作物

を、タダ同然で持って行かれてしまった農家さんの気持ちを思うと、やりきれなくなる。
　ひとパック五百円の有精卵は、大きいのもあれば小さいのもあって、個性的だ。卵焼きもいいけれど、新鮮な卵を使った卵かけご飯は、何よりのご馳走なのである。
　そういえば、ベルリンの交通システムで特筆すべき点があった。平日の夜八時過ぎと土日祝日は、一週間券や一カ月券をひとりが持っていると、同伴者一名と犬一匹まで、切符なしで乗れるのだ。つまり一枚の切符で、二人と一匹が乗車できるのである。素敵なシステムだと思いませんか？

掃除機への不満

ドイツ製品は、やたらと大きい。大きい上に、重い。アパートの玄関扉も、調理器具も、自転車も、家具も、頑丈な作りの分、大きくて重いのである。

だから、あ、これいいかも！　と思って手に取ると、それが日本製品であることが多々ある。手に取った時に違和感がない、とか、心地いい手触りだなぁ、と感じると、結局それはメイドインジャパンなのだ。なーんだ、と思う半面、自分はやっぱり日本人なんだと実感して、ちょっと嬉しいような、誇らしいような気持ちにもなる。

日本もドイツも、物作りの才能に長《た》けているのは一緒だけれど、その目指しているところは違うのかもしれない、ということに、最近気づいた。ドイツが目指しているのは、丈夫で、とにかく長く使うことができる製品だ。対して日本は、使いやすく便利な製品を生み出そうと改良を重ねる。

初めて長期でベルリンに滞在した時、掃除機の、そのあまりに旧態依然とした姿に驚いたものである。まず、その大きさに驚いた。そしてもちろん重い。けれどももっとびっくりしたのは、その割にそれほど性能が良くないことだった。もちろん、ドイツで作られている掃除機の中にも、日本人すら目を丸くするような素晴らしい性能の掃除機が存在するのかもしれない。けれど、私がドイツで出会った掃除機は、どれもおしなべて、体だけは大きいけれど……、という残念なタイプだった。

ある時、ドイツ人に、「こんな掃除機で不満はないのか？」と率直な疑問をぶつけてみた。その答えは、「ない」とのこと。ドイツ人は、掃除機に過剰な便利さは求めていないし、掃除機とはこういうものだと思っているから、特に改良の必要は感じないとのことだった。掃除機の役割はゴミを吸い取ることなので、それさえ全うしてくれればいいらしい。何でもかんでも、もっと便利に、もっと使いやすく、を追求する日本人とは、基本的な考え方が違うのである。

先日、少し遠出をして、ベルリン郊外にある日本料理店に行ってきた。ずっと行きたかった店である。店主は以前、日本で建築の仕事をしていたそうで、ベルリンのその店も、自ら内装を手がけていた。味わいのある煉瓦《れんが》造りの壁を活かした、美しく、とても居心地のいい空間だった。

久しぶりにちゃんとした和食を味わって、やっぱり日本人は繊細なのだと、改めて実感した。こまやかな心配りは、日本人ならではだ。そしてそれを、ドイツの人たちも楽しんでくれていることに感動した。ベルリナーですら滅多に足を運ばないような場所で、ちゃんと自分たちの根っこを張って暮らしている彼らの姿に励まされた。

外側は丈夫、中は繊細。私が欲しいのは、まさにこういう掃除機なんだけど。

ホーフの結婚式

飛行機でベルリンのテーゲル空港に降下していく時、いつも上空から見てほれぼれするのは、街づくりの巧みさである。いくつかのアパートがひとかたまりとなって蜂の巣構造のようになり、それが道路で結びつくような形で街がつくられている。

私が今住んでいるアパートは一九〇〇年に建てられたものだ。百年以上も前に建てられたアパートに今なお暮らしているなんて日本ではほぼ考えられないけれど、ベルリンでは割と普通である。建物は主にアルトバウとノイバウに分けられ、アルトバウは第二次世界大戦前に建てられた古い建物をさし、ノイバウは戦後に建てられた新しい建物をさす。私が住んでいるのはアルトバウだが、ノイバウといえども七十年以上経っているものがあり、新しいとか古いという感覚が日本とはずいぶん違う。

つまり、優に百年以上も前から、こんなに頑丈な建物が建てられ、しかも暮らしやすいように街づくりがなされていたことに驚いてしまうのだ。隣接するアパートに共有の中庭があることで、住環境がぐっとよくなり、みんなが気持ちよく暮らすことができる。

たとえ賑《にぎ》やかな道路に面して建っているアパートでも、中庭に面している部屋に行けばとても静かで、そこを寝室に当てれば、夜、うるさくて眠れないという心配もない。中庭は、ドイツ語でホーフと呼ばれ、ホーフは、ドイツ人の暮らしには欠かせない共有スペースなのである。

私が住んでいるアパートにも、気持ちのよいホーフがあり、そこに大きな木が植えられている。いくつかのベンチがあり、たまに本を読んでいる人を見かける。週末にバーベキューを楽しんだり、ヨガのレッスンをしたり、フリーマーケットを開催したり、ホーフは住民にとっての憩いの場なのだ。

先日、友人の結婚式に呼ばれたのだが、場所は、彼らが住んでいるアパートのホーフだった。ホーフの一角に卓球台があり、そこにテーブルクロスを敷いて、料理を並べる。料理は持ち寄りで、おのおの自宅で作ったものを、皿ごと持ってくるシステムだ。

飲み物も持ち寄りで、自分の飲みたいものを持参した。そうすれば、誰かに負担が集中するのではなく、それぞれが少しずつ補い合って、楽しいパーティーができる。決して豪華ではないけれど、温もりに満ちた、本当に素敵な結婚式だった。

このやり方は、いかにもベルリン的だ。こだわらないのが唯一のこだわりというほど、ベルリナーの発想は自由で、お金をかけずに楽しく暮らす術を知っている。けれどそれが可能なのも、ホーフがあり、街に緑が溢《あふ》れているから。外で食事をして気持ちいいのは、目の前に美しい景色が広がっているからだ。

飛行機から見下ろすベルリンの町は、なんて緑に溢れていることか。人はそれだけで、笑顔になれるのだ。

優先順位

　ベルリンにいると、どんどん物欲がなくなっていく、という実感は、私自身も常々肌で感じるし、ベルリンに長く住んでいる友人もそう口にする。ほんの数日だけ旅行に来た人でも、そういう感想を言ったりする。

　欲しいものがないわけでは決してないのだが、価値観が変わるというか、消費することにあまり関心がなくなるのだ。自分の尺度で幸せをはかろうとするからかもしれない。

　私の場合、衣食住のうち、まず最初に手放したのは、衣だった。町を歩いている人のファッションを見てもさまざまで、そのことでジロジロ見られたり判断されたりすることがほとんどない。派手な色に髪の毛を染めたいいお年のパンクなおばさんもいれば、女装する男性もいる。暑ければ大人でも裸足で歩くし、こういう立場の人だからこういう服装をしなくてはいけない、というような固定観念があまりない。結果みんな、自分にとって心地のいい、自分の好きな服を着ている。私もだんだん、その流れに染まってきた。

衣の次にこだわりが薄くなったのは、食である。もちろん、ベルリンにもおいしいレストランはあるけれど、だからといってそういう場所にいつもいつも行きたいか、というとそういう気持ちには決してならない。日本では普通に食べられる魚がベルリンでは高級品でめったに食べられないから、あきらめがついたのかもしれないけれど。人気のレストランに何カ月も前から血眼になって予約をして行く、というようなことも、ベルリンにいるとまず考えられない。予約はせいぜい、一週間前くらいが目安になっている。

つまり、優先順位としては、住、食、衣となるのだが、この順番は、おおむねドイツ人全般に言えるようだ。ドイツ人にとって、家、住まいというのはとても重要で、いかに自分の暮らす場所を快適にととのえるか、にはひとかたならぬ情熱を注いでいるように思われる。家周りのことは極力自分でやるというのがドイツ式で、お宅にお邪魔すると、みなさん、本当に自分らしいインテリアで居心地のいい空間を作っている。

衣や食に比べて、ドイツの住環境はとてもよく、天井が高くて広々している。快適

な住環境というのは、ドイツ人にとってはかなり重要で、譲れない要素なのだろう。
だから、先日イタリアに行った時は、人々があまりにおしゃれで度肝を抜かれた。数年前、陸路でフランスに行った時も、フランスへの国境を越えたとたん、同じ料理が、ドイツ側とフランス側では明らかに味が違うことに衝撃を受けた。ドイツが住を重んじるのに対して、イタリアは衣、フランスは食に重きを置いているのだと実感した。
どちらの国もドイツから近いのに、言葉も違えば価値観も異なる。そういう人たちが一つのヨーロッパを目指して、一致団結しているのである。

無性に恋しい

長く日本を離れていて恋しくなるのは、寿司でも蕎麦でも天ぷらでもなく、日本的な曖昧さである。

以前はその曖昧さに、なんだか嫌気がさしていた。けれど、実際にドイツで暮らしてみると、その曖昧さが無性に恋しくなるのである。

ドイツには、曖昧さのかけらもない。言い切ってしまうのは間違いかもしれないが、そう言いたくなるくらい、何事にもきっちりしている。物事は白か黒かに分けられ、グレーゾーンが存在しない。

ドイツに初めて行った時、ワイングラスに二百ミリリットルの線がついていることにはびっくりした。お酒を注ぐ係の人は、その線まできっちりと同じ量を注ぐのである。その店のワイングラスが特別なのかと思って気にしていたら、結構な確率で、グラスに線がつけてある。そうすれば、誰にでも同じ量を提供できる。目分量なんていう概念は、ないのである。

もっと例を挙げたい。

ドイツの地下鉄やトラム、鉄道には改札がなく、自分で切符を購入し、自ら検印機に切符を入れて日付と時間を刻印することで乗車するシステムだが、これだと無賃乗車をしようと思えばいくらでもできてしまう。それを防ぐために、時たま、コントローラーと呼ばれる人たちが車内に乗り込んできて、乗客がきちんと切符を持っているかを抜き打ちで検査するのだ。もしも切符を持っていないことがばれると、六十ユーロの罰金を払わなくてはいけない。今の為替レートだと、八千円近い額だ。

私も何度か、コントローラーによるチェックを受けたことがある。彼らは私服で、しかもたいていパンクな格好をしている若者だ。しばらく乗客に扮《ふん》して乗っているのだが、タイミングを見計らい、二人一組でいきなり身分証を提示してチェックを始めるのである。

その際、その場ですぐにパッと自分の切符を見せないといけない。もしも、切符はあるのに、どこに入れたかわからなくなってモタモタしてしまった場合、後から、「ありました」とコントローラーに提示しても、「それは他の誰かから借りて持ってきたものかもしれないから」とはね返され、切符をきちんと買って乗車したにもかかわらず、罰金の六十ユーロが科せられてしまう。温情とか、これっぽっちもないのである。

だから、コントローラーに出くわすと、自分はきちんと切符を買っているのに、毎回ドキドキしてしまう。もう少し相手の事情を察したり、人を信じてくれたりしてもよいのではと思うのだが、ダメなものはダメと、しゃくし定規に決められている。

ドイツ語もそうで、絶対に誤解が生じないよう厳密な言葉の使い方をする。だから、やたらと長くなる。そのせいで、ドイツではツイッターが広がらないらしい。そういえば、服装に関しても、モノトーンの人がやたらと多いのである。

対等な関係

日本へ一時帰国するので、フランクフルト空港で日系の航空会社の飛行機に乗り継いだ。乗って早々、空港で買ったお土産のソーセージを冷蔵庫に入れておいていただけないかと、客室乗務員に声をかける。

確認してきます、と言い置いて再び彼女が戻ってきた。その表情は、明らかに曇っている。

「大変申し訳ございません。食品管理の問題で、そのようなことはお受けできないそうなのです。本当に申し訳ございません」

そう言って、何度も何度も頭を下げる。できないならできないでそれでいいのに、逆に恐縮した。そこまで謝るようなことではない。そして、あー、そうだった、これが日本だったな、と思い出した。

以前、知り合いから、客室乗務員の人たちはわざとまゆ毛を下げてかいているらしい、と聞いたことがある。事実かどうか定かではないが、その方が、謝っている時の申し訳ございませんという顔になりやすいというのだ。おそらく、いろいろなお客がいて、場合によっては理不尽な内容で頭を下げたりしないといけない場面があるのだろう。肉体的な大変さに加え、相当ストレスのたまる仕事だとお察しする。

ドイツでは、もっと対等だ。たとえば、お店でも、決して客が偉いのではなく、店の人と客は対等である。裏を返せば、客は、お金を払って店の人から商品を売ってもらっているのである。

体が不自由な人と健常者も、ある意味で対等だ。車椅子だから肩身が狭いとか、松葉杖《づえ》だから遠慮するとか、そういう姿はあまりない。だからか、日本にいる時よりも、車椅子や松葉杖の人をよく見かける。男性と女性も対等だし、理念としては、人と動物も対等。動物には動物の、快適に生きる権利が認められている。

日本では、いつから、「お客様は神様」みたいになってしまったのだろう。お金を払う側が圧倒的に偉くて、お金を受け取る側はしもべのようにサービスしなくちゃいけない。本来、対等であってしかるべきなのに、サービスを提供する側は、いつ苦情が来るかと戦々恐々として怯えている。大声で怒鳴った者勝ちみたいな風潮は、明らかに間違っている。そんな日本に、正直、息苦しさを感じてしまう。

お金は、確かに大事だ。お金がなくては、生活できない。一部の政治家は、経済が大事、経済が大事と連呼する。確かに、そうかもしれません。けれど、経済だけが大事なのではないと、私自身は思っている。

半年ぶりに、日本に帰国した。日本にいて強く感じるのは、消費を促すあの手この手の巧みさである。まるで、お金を払わなければ幸福が得られないと信じ込まされているかのようだ。日本には、物もサービスもあふれている。

冬を乗り切る

ヨーロッパの冬は、長く厳しい。特に、私が今いるベルリンをはじめ、北の方は冬が長い。寒いのはもちろんなのだが、寒さはなんとかなっても、つらいのは夜が長いことだという。確かに、寒さは自分で防寒対策ができるし、家の中は暖房設備が整っているので、東京の自宅よりもむしろ暖かく感じるほどだ。私が今住んでいるアパートもセントラルヒーティングで、各部屋にオイルヒーターがあり、つまみを回せば即座に温かいお湯が流れてくる。

私もまだ一冬をベルリンで過ごしたことはないのだが、ベルリンに暮らす友人たちは、口々に暗いのがこたえると言う。二〇一七年は十二月二十二日が冬至。その頃というのは日照時間がごくわずかで、朝は九時くらいにならないと明るくならず、午後も三時を過ぎるともう暗くなる。一瞬でもパーッと青空が広がれば気持ちも紛れるが、とにかくずっと重たい雲に覆われていて、息苦しく感じてしまう。うつ病やアルコール依存症の人も多くなるそうだ。夜が長いから、ついついアルコールに手が伸びてしまうという気持ちは理解できるし、実際、アルコールが手放せなくなった路上生活者を多く見かける。冬は、心身のバランスを整えるのが、非常に難しくなる。

以前ラトビアへ行った時、興味深い話を耳にした。ラトビアはかつて、自殺率がものすごく高かったという。その統計を冷静に分析したところ、日照時間と自殺率が密接に関係していることがわかったそうだ。つまり、日照時間が短くなると、自殺する人が多くなる。それで、ラトビアでは日照時間が短くなる時期に、電飾祭という催しを国をあげて開始した。要するに、日照時間が短いのなら、人工的な明かりで町を明るくする努力をしたのである。すると、自殺率がみるみる下がったのだという。その、とてもシンプルで合理的なやり方に大きな拍手を送りたくなる。

そんな話を聞いていたので、私も、冬場は意識して部屋を明るくするようにしている。そして冬こそ、家の中に引きこもらず、カフェに行ったり、友達と会ったり、楽しいことをたくさん用意するように心がけている。家にいる時に陽気な音楽を聴いたりするのもいいだろう。

そして、冬を乗り切る大きな心の支えとなるのが、クリスマスだ。町のいたるとこ

ろにクリスマスマーケットがたち、人々は温かいワインを飲みながら家族や友人へのプレゼントを品定めする。一年でもっともつらい時期にクリスマスというイベントがあるのは、すばらしい計らいだ。

さて、私にとってはベルリンでの初の越冬。寒い、暗い、という声をさんざん聞いておびえていたけれど、実際に自分で過ごしてみなければわからない。案外平気だったよ、と鼻歌交じりに言いながら春を迎えている自分を期待しているのだが。

銭湯とサウナ

日本はそろそろ、梅の花がほころぶ季節を迎えるのだろうか。「梅」という言葉を文字にしただけで、ほの甘い、あの独特の香りがふわりと脳みそに流れ込むのだから、自分もやっぱり日本人であることを自覚する。時々、梅の花がむしょうに恋しくなる。

日本にいる時は、夕方、よく、銭湯に通っていた。銭湯と書いたが、いわゆる街中のスーパー銭湯で、そこには温泉が湧き出ている。幹線道路沿いではあるが露天風呂もあり、それが何よりの楽しみだった。一日の仕事を終え、片道三十分弱の道のりをてくてく歩いていると、いい気分転換になる。季節の移ろいを感じるのも、小説のアイディアが浮かぶのも銭湯への道すがらのことが多く、私にとっては何よりのご褒美だった。

その通り道に幼稚園があって、この季節になると、園庭に植えてある梅の木に花が咲き始める。最初は蕾《つぼみ》だったのが、日に日に膨らんで、ある日通りかかると見事に咲いている。それが、私にとっては春の訪れだった。銭湯には四季を通して通っていたけれど、なんといっても、まだ肌寒い季節の露天風呂ほど幸せなものはない。

温泉気分を味わうため、冬場はベルリンのアパートのバスタブにお湯をはり、そこにクレイを溶かして入っている。そうすると、確かに日本の温泉と似たような質感になる。最初はそれで満足していたのだが、だんだん欲が出て、大きな湯船で手足を大の字に広げたい、とか、空を見ながらお風呂に入りたい、と思うようになってしまった。そんな時、友人がサウナに行こうと誘ってくれた。

そうか、サウナという手があったか。サウナと聞いて真っ先に思い浮かぶのは北欧だが、ドイツにもまた、サウナが数多く存在する。温泉には入れないけれど、サウナで体を温めればいいのである。

ただし、ひとつだけ越えなければいけないハードルがあった。なんと、ドイツのサウナはほとんどが男女一緒、しかもサウナの中では完全に裸なのである。日本の混浴がどうのこうのと言っている場合ではない。どうしてこうなったのか定かではないが、とにかく男女混合裸族というのが、ドイツにおけるサウナ文化なのである。

最初は驚いて抵抗があったものの、実際に行ってしまえば、ジロジロ見られることもなく、そんなものなのかと思えた。それよりも、サウナに入って気持ちよく汗をかくことの方がはるかに爽快だった。

ついでに言うと、ドイツでは、人前で普通に授乳している母親もよく見かける。授乳室というものは存在せず、赤ちゃんが泣きだすと、お母さんはケープで隠すこともせず、自然にお乳を飲ませている。

そういうおおらかなふるまいが、ドイツの良さなのだ。

温泉でプカプカ

温泉へ行ってきた。去年から計画していた、仲良し三人組での一泊旅行である。あまり知られていないが、ドイツにも、たくさんの温泉がある。がんばれば日帰りでも行けるのだが、せっかくなので宿を予約し、一泊で行くことになった。ドイツで温泉に行くのは初めてのこと。

ベルリンから、列車とバスを乗り継いで、二時間弱。ちょうどお昼時に出発するので、列車の中で昼食を取る。それぞれおかずやおやつを持ち寄って、お弁当びらきと相成った。

私は、三人分のおにぎりを籠に入れて持って行った。具は塩鮭で、これは日本から焼いて持ってきたもの。普段の料理は薄味が好きだけれど、こと鮭に限っては、甘塩よりもうんとしょっぱい方が好きなのだ。ほとんど塩漬けのようなものなので、冷凍しておけば、何カ月も持つ。

その、貴重な塩鮭をほぐし、ご飯に混ぜて握った。他にも友人が、卵焼きやマッシュルームの炒め物、シシトウの焼いたのなどを持ってきてくれたので、にぎやかな昼食になる。

私たちのいる一角だけ、完全に日本だった。まるでこれから、伊豆の温泉にでも行くような気分になっていた。ベルリンからほんの少し離れるだけで、車窓には田園風景が広がる。

目指す温泉は、ドイツ東部、ポーランドとの国境付近で、そこにはスラブ系少数民族のソルブ人が多く暮らしている。彼らには独自の言語と文化があり、ドイツの中でも特異な地域だ。

温泉施設自体は、とても近代的だった。いかにもドイツと言いたくなるシステムで、まず驚いたのが、更衣室。なんと、男女一緒なのである。男女別になっているのは、シャワー室のみ。これが効率的なのか、はたまた混乱を招くだけなのかは、最後までわからないままだったが。

水着着用エリアには、プールや湯船、サウナ、休憩スペースなどがあり、露天風呂もある。お湯は、日本人には若干物足りないな、というかぬるく感じられるのだが、異国の地なのでわがままは言えない。

特筆すべきは、ここのお湯が、死海とほぼ肩を並べるくらい塩分濃度が高いことで、確かに、口に入ったお湯はしょっぱかった。つまり、体がプカプカ浮かぶのである。

このプカプカが、気持ちいいのなんの。実は、以前も一回、エストニアで海水プールというのに入ったことがあり、そこでのプカプカ体験が忘れられない。ふわりと水面に体を投げ出し、ただプカプカ浮かんでいるだけなのだが、まるで、宇宙空間に浮遊しているような気分になり、次第に意識が遠のき、瞑想《めいそう》をしているような状態になる。

結局私たちは、時間ぎりぎりまでプカプカし続けた。羊水の中でまどろむ胎児は、きっとこんな感じなのかもしれない。

第四章

わが家の味

文化鍋でお米を炊く

わが家のお米は、いつも文化鍋で炊いている。文化鍋というのは、アルミ製の深鍋で、戦後、ご飯をおいしく炊く手軽な鍋として開発されたそうだ。しかし、炊飯器の台頭により、現在、その存在は影をひそめている。

そんな中、私はいまだに文化鍋を愛用している。どうも、炊飯器が苦手なのだ。その都度コンセントにつないだり、使用後にいちいち中の蓋《ふた》や小さな部品を洗ったりするのが、面倒臭い。それに、文化鍋だったらご飯を炊く以外にも、煮炊きをしたり蒸し器として使ったり、他にも用途がある。けれど、炊飯器はご飯を炊く以外の使い道がない。場所もとるので、炊飯器とは距離を置いて暮らしてきた。

ただし、わが家では炊飯器のかわりに、精米機が幅をきかせている。理由は簡単で、おいしいご飯を食べるためである。自宅に精米機があれば、いつでも、つきたての新鮮なお米が味わえるのだ。

わが家のお米を作ってくれているのは、山形の農家、清水さん。毎回、玄米を五キロずつ送ってもらい、なくなりそうになると、ファックスを送って次の五キロを注文する。清水さんとのお付き合いも、かなり長い。

家で精米することで、鮮度のよいお米を毎回食べられるだけでなく、ぬかができるのもうれしい。それで自家製のぬか床を楽しむことができる。無農薬米のぬかなので、安心して使えるのだ。そうすれば、玄米そのものを、無駄なく使いきることができる。

先日、わが家に新しい文化鍋がやってきた。それまでのは、もう何年も前から蓋の一部が壊れてしまい、だましだまし使っていた。けれど、さすがにくたびれてきたので、全く同じサイズの文化鍋を新たに買ったのである。

さて、その第一日目。傷ひとつないピカピカの文化鍋に、届いたばかりの新米を精米し、水と共に火にかける。沸騰までは強火、カタカタと蓋が鳴るようになったら弱火にして、十五分ほど。最後火を止める直前に十秒ほど強火にかけて、あとは蒸らして出来上がり。

キラキラの銀しゃりを想像し、期待に胸を膨らませて待っていた。

ところが、完全に蓋が密閉されてしまい、いくら引いても叩いても、びくともしないのである。

これには参った。ぬか漬けも準備し、お味噌汁もできているのに、肝心のご飯が……。調べると、そういう時は再度火にかけるのがいいとのこと。氷で冷やしたりするのは逆効果と知り、愕然とする。

結局、蓋が開いたのは最初にご飯が炊きあがってから一時間も過ぎた頃で、中のお米はパサパサになっていた。こんなはずではなかったのにな―と思いながら、そういえば初代の時も、同じことがあったことを思い出した。

おせちと願い事

ここ数年は、年末年始を東京で過ごすことが多くなった。私は、この時期の東京が、一年でもっとも好きだ。まず、目に見えて空気が澄んでいる。交通量が減り、空気中に放出される排気ガスも少なくなるのだろう。たいてい晴れるので、気持ちのいい青空を思う存分堪能することができるのだ。

普段はかすんであまり見えない富士山も、この時期には、わが家の近所からばっちり拝める。富士山は、やっぱりきれいだ。山裾がすーっと優雅に広がって、見ると毎回、得したような気分になる。

みんながリラックスしている、という状況は、空気自体をとても穏やかにしているように感じる。空気に棘《とげ》がないというのか、とにかく、普段よりも過ごしやすい。

暮れの数日は、おせち料理を作るので、ほぼ一日中台所に立って作業している。毎年必ず作っているのは、伊達《だて》巻、五色なます、黒豆で、特に伊達巻は、年末ぎりぎりの大晦日に集中して作る。

築地で仕入れたはんぺんをすり、卵と混ぜて弱火でじっくりと火を通す、わが家の特製伊達巻だ。多めに作って、ご近所でお世話になっている方や知人宅にお配りするのが、毎年恒例になっている。

大晦日の夜は、たいていすき焼きだ。すき焼きなら事前に材料を揃えておけるし、それほど準備に手間がかからない。後片付けも、楽チンだ。寒いので、除夜の鐘をつきに行くことは、滅多にない。

元日は、お屠蘇《とそ》を飲み、お雑煮を食べ、午後はひたすら年賀状を書く。そして、年賀状を投函しがてら、氏神様へ新年のご挨拶をしに出向く。一年間お世話になった破魔矢を手に、からからと鈴の音を響かせながら、川沿いにのびるのどかな遊歩道を歩いて行く。

他の人はどんな願い事をしているのかわからないけれど、私はいつも同じことを心の中でつぶやいている。だから今年も、生きとしいけるものが、平和でありますように！　とお祈りした。

いつの間にか、大きな目標はかかげなくなった。ただ、日々淡々と、平穏無事に生きられたらいいな、と思っている。

あ、でもやっぱり小さな目標はいくつかある。その中でも、ドイツ語を身につけるというのは、去年からの課題だ。四十代における、大きな挑戦をドイツ語に設定したのだ。何度も何度もベルリンに通って、ようやくそこまでの意識に到達したのは、我ながら気づくのがとても遅いのではないかと呆《あき》れてしまうけれど。

今、目の前には何冊ものドイツ語の参考書が並んでいる。まずは、そのページをめくることから始めましょうか。

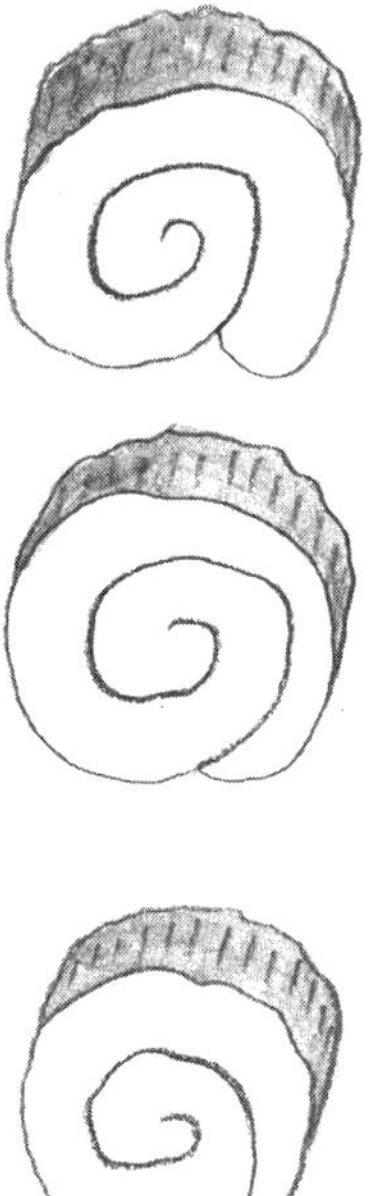

祖母のホットケーキ

かつて、幼少時代を過ごした実家には、石油ストーブがあった。だるまストーブに似た丸い形だったような気がする。

冬になると、そこにはよく、何かしら鍋が置かれていた。中に入っているのは、おでんだったり、野菜の煮付けだったり。家族ですき焼きをする時はそのストーブに鍋を置き、お餅を焼く時もその上に網をのせて焼いていた。だから、ストーブの周りには、いつもいい匂いが漂っていた。

以前暮らしていた東京のアパートも、冬の暖房は石油ストーブだった。いちいち灯油をポンプで入れなくてはいけないし、途中で灯油がなくなってしまったりすると、突然火が消えて、嫌な臭いが充満する。正直、扱うのは決して楽ではなかった。けれど、他の暖房へと切り替える気にならなかったのは、やっぱりそこで調理することができるから。りんごの皮を剝いて無水鍋に入れておけば簡単にりんごのコンポートが作れたし、じっくりと弱火で加熱できるので、豆を煮たりするのにも最適だった。

暖をとりながら料理もできるなんて、一石二鳥だ。何よりも、家の中に火があるというのは、それだけで心が落ち着くものである。

残念ながら、今住んでいる家は、床暖房なので、石油ストーブはお役御免となった。火事の心配はなくなったし、足元がポカポカと暖かいのは快適で、申し分ないのだが、やっぱり、時々火が恋しくなる。以前だったら、ちょっと大根を煮るのでも、ただ鍋に入れてストーブにかけているだけでよかったのに、今ではいちいちガスを使って調理しなければいけない。

暖炉や薪《まき》ストーブには心底あこがれを抱くけれど、都会でのマンション暮らしでそれを実現するのは、ほとんど無理というもの。いつかそんな暮らしをしたいと目論《もくろ》んではいるけれど、今は夢でしかない。

石油ストーブといえば、思い出す光景がある。

小学校一年生くらいの時だった。祖母に、「どうしてよその家ではお母さんがケーキを作ったりしてくれるのに、おばあちゃんのおやつは地味なの」というようなわがままを言ってしまったのだ。すると、その翌日、祖母がストーブにフライパンをのせ、

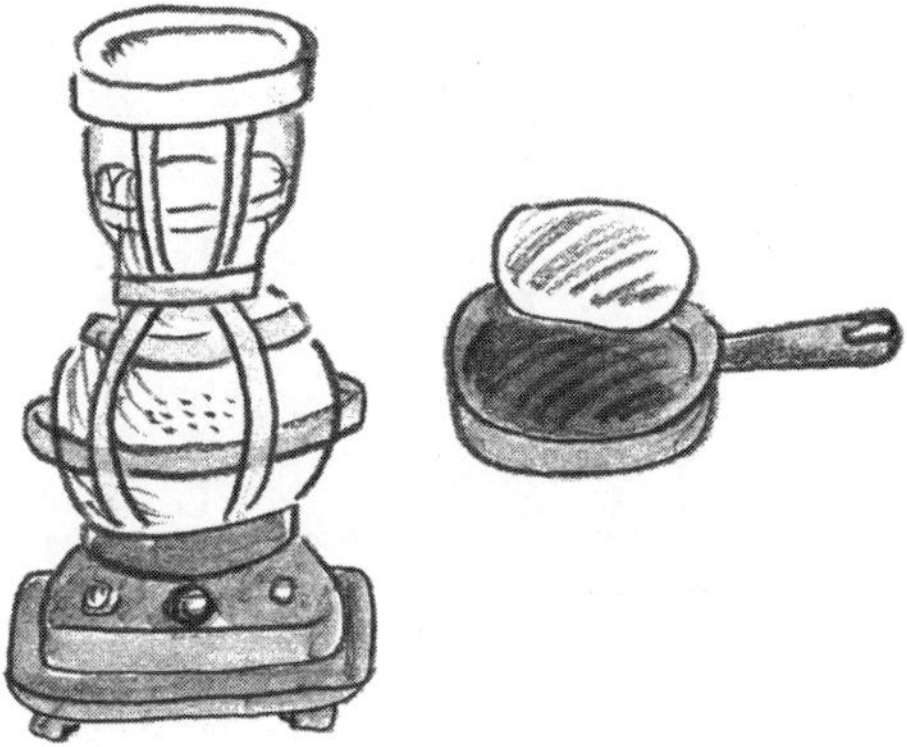

ホットケーキを焼いてくれたのである。祖母は、明治時代の終わりに生まれた人で、おそらく、ケーキと名のつくものを自らの手で作るのは、初めてだったに違いない。おっかなびっくり、フライパンの上に広がる種をひっくり返していた姿が、今でもはっきりと脳裏に刻まれている。あの時に食べたホットケーキよりおいしいホットケーキを、私は未《いま》だに食べた記憶がない。

振り返ると、私にとって祖母の愛情こそが、たまものだったのだ。

ゆりねとおやつ

戌《いぬ》年である。最近は猫に押され気味なので、愛犬家としては久々に胸を張れる一年となる。

わが家の愛犬の名前は「ゆりね」である。文字通り、お正月料理にも登場する、あのユリ根に似ているのが由来である。わが家にとっては、娘同然の存在だ。子は鎹《かすがい》と言われるけれど、犬もまた鎹である。

わが家のゆりねは、食べることをこよなく愛する。たいていの犬は食いしん坊だが、ゆりねはその範疇《はんちゅう》を明らかに超えている。

食べ物への執着がすさまじく、よその家にお邪魔すると、真っ先にその家の台所に駆け込んで、何かご馳走が落ちていないかとチェックする。どんなに言い聞かせても、時にはプロのドッグトレーナーにお願いしても、散歩中の拾い食いの癖がなおらない。たいていの犬は、注意深く匂いを嗅ぐなどして、それから口に入れるものだが、ゆりねに至っては、まずはとりあえず口に入れてみて、それから食べられるかどうかを判断する。これは、幼犬の頃のしつけ方が間違っていたのだろうと大いに反省している。拾い食いは、下手すると命にまで関わるから、なんとしてもやめさせないといけない。

ゆりねは、私や夫が「ゆりね」と呼んでも、めったに来ない。「おいで」と声をかけても、ほとんど無視する。そのくせ、「おやつ」という単語には敏感に反応し、目を輝かせる。

ゆりねはよく、散歩の途中で駄々をこねるみたいに歩かなくなる時があるのだが、その時、「おうちに帰って、おやつ食べよう」と言うと、しばらく考えるようなそぶりを見せてから、言葉を理解したのか、家に向かって歩き始める。もしもゆりねが私の手を離れてどこか遠くへ行ってしまったら、私は大声で、「おやつ食べる?」と叫ばなくてはいけない。これは、ゆりねにとって魔法の呪文なのだ。食いしん坊にも、ほどがある。

けれど、ゆりねを見ていると、これでいいのだろうか、と疑問がわいてしまう。食べることへの執着が強すぎて、他のことに気が向かないのだ。確かに、人間も含めて、動物は食べなければ生きていけないが、それが逆転し、食べるために生きているように思えてならない。

話は飛躍するが、同じことが、日本にも言えるのではないかと思ってしまう。日本は食材が豊富で食べ物がおいしい、というのは厳然たる事実だ。けれど、おいしいが故に食事の方へ意識が集中し、本来他にエネルギーを注ぐべきなのに、そちらの方が疎《おろそ》かになっているのではないか、とふと思ってしまう。もちろん、自分自身も含めて言えることだ。

毎日の食事がおいしいのは素晴らしいことだけど、おいしすぎるというのはもしかすると危険なことなんじゃないかと、わが家にいる食いしん坊の愛犬を見ていると、少し危惧してしまうのである。

母性

わが家に犬が出入りするようになったのは、不妊治療を試したことがきっかけだった。もともと、それほど出産にこだわりがあったわけではなかったけれど、四十代を目前にして、今が最後のチャンスだと神様から急《せ》かされているような気持ちになり、物は試しとやってみたのだ。

けれど、やっぱり自分の中で釈然としなかった。そもそも自分は血のつながりというものに固執していないし、むしろ、家族というのは血ではなく、ともに過ごす時間にあるのではないか、と気づいたのである。

そんなとき、近所に住む鍼《はり》の先生との出会いがあった。以前からご自宅の前は何度も通っていて、そこに鍼灸院《しんきゅういん》があるのも知っていたのだが、それまではずっと素通りしていた。ところが、ある日ふと、行ってみようという気になったのである。それが、今から三年前くらいのことだ。

先生は、犬を二匹飼っていた。けれど、この時点での私はまだ、犬に対して特別な感情は持っておらず、せいぜい、犬と猫だったら犬の方が好きだなぁ、という程度だった。

治療を受けながら、他の患者さんの不妊治療の話になった。実は私も、と告白すると、先生が、人間の子どもも犬も一緒よ、と穏やかに言う。そして、最近とても気になっている犬がいて、三匹目として迎えようと思っているとおっしゃったのである。

「犬は、飼ったことあるの？」と先生。「ないです。一番大きくて、兎《うさぎ》です」と私。すると、「だったら、うちに子犬がきたら、時々貸してあげるから、試し飼いをしてみたらどう？」と提案してくださったのだ。

行動力のある先生は、その数日後には犬を連れてきた。三匹目の犬である。そして、コロと名付けられたその子犬を、すぐに私に貸してくださるという。

戸惑いながらも迎えに行くと、白い毛にところどころ濃いグレーの毛が交じった愛らしい子犬が、元気よく家の中をはしゃぎまわっていた。ワクチンの接種前でまだ地面を歩かせることができないため、キルティングのバッグに入れて、抱っこのまま、おっかなびっくり連れて帰った。

夫婦ふたりだけの暮らしに、いきなり犬が登場したのだ。あっという間に、私も夫も、コロに夢中になった。かわいくて、かわいくて、たまらない。コロに会える週末が待ち遠しく、コロを先生の家に送り届けるときは、寂しくて仕方がなかった。

コロと接することで、私は自分の求めていたものの正体がだんだん見えるようになった。愛情をたっぷりと注ぎ、育み、慈しむ、そういう存在に飢えていたのだ。要は、母性を注ぐ受け皿のようなものを欲していたのである。そして、その対象は先生のおっしゃる通り、人でも犬でも違いはなかった。

こうして、わが家に週末だけ犬が来るという生活が始まったのである。

群れとして生きる

週末だけ犬を預かる、という経験を通して、私は少しずつ、犬の世界を知るようになった。幼い頃、インコやうさぎは飼ったことがあるけれど、犬に関しての知識はほとんどない。インコやうさぎから較べると、犬は圧倒的に感情豊かで、人との距離が近かった。

これまでは、夫婦ふたりだけの暮らし。よく旅行に行くので、ベランダには植木鉢ひとつ置いていない。そこに、いきなり犬がやって来たのだ。自分たちとは全く違う姿をした別の生き物がいること自体が、新鮮で新鮮でたまらなかった。

夫婦ふたりのときはお互いが別々のことをしていても気にならなかったが、そこに一匹犬が加わるだけで、群れの感覚が強くなる。家族って、こういうことなんだな、と肌で感じることが多くなった。とりわけ、コロを間にはさんで川の字で眠るのは、至福以外のなにものでもなかった。

とはいえ、コロはレンタ犬である。私たちは、正式な飼い主ではない。最初はそのことが気楽でいいと思えたけれど、だんだん、物足りないような気持ちになってきた。何より、日曜日の夕方にコロを正式な飼い主である鍼の先生の家まで送っていくときが切なかった。

やっぱり、いいとこ取りではなくて、ちゃんと責任を持って、わが家の犬として飼いたい。そう決意するまでに、時間はかからなかった。

かくして二年前、正式にわが家へ犬を迎えた。ゆりねと名付けたその犬は、名前の通り真っ白で、毛がふわふわしている。何より、もう誰にもどこにも返さなくていいという安心感が、私を楽にしてくれた。ゆりねは、正真正銘の家族である。

来た当時は生後三カ月ほどで、まだ足取りもたよりなかった。用意していた子犬用のハーネスもぶかぶかで、あまりの小ささに、誤って踏んでしまうのではないかと不安だった。

あくびをしたり、跳ねたり、寝たり、一挙手一投足をただ見ているだけで幸せがこみ上げてきて、正直、他のことは何もできなかった。

鍼の先生のおっしゃる通りで、人だろうが犬だろうが、そこに違いがあるとは思え

ない。ただ、人間の赤ちゃんの場合は成長と共に親から自立していくけれど、犬はどんなに成長しようが人の手を離れては生きていけない。その点では、より責任が重いと言える。そして、人間よりずっと寿命が短いということも、心にとめておかなくてはいけない。

子犬時代は確かにかわいいけれど、それは見た目のかわいさであって、ゆりねへの愛情は、日々、より深くなる。ゆりねは、毎日毎日、喜びや愛しさ、笑いなど、数えきれないほどのたくさんのギフトを与えてくれる。ゆりねが来たことで、日々の幸せが増えた。私たちは今、完全に群れとして生きている。

視界の中に、ゆりねがいる。それだけで、胸が満たされるのだ。

バウムクーヘン

初めてベルリンを訪れたのは、二〇〇八年の春頃だった。ホワイトアスパラガスが出始めの頃だったから、よく覚えている。

きっかけは、日本の航空会社の機内誌に原稿を書くためだった。依頼を受けての仕事だったので、自分で選んだ旅ではない。ベルリンが初めてなら、ドイツ自体も来たことがなく、私にとっては未知の国だった。

そんな私が、今はベルリンにアパートを借りて暮らしている。もしもあの時、機内誌の仕事を受けていなかったら、こういう未来もなかったのかと思うと、縁というものはつくづく不思議なものである。

滞在はほんの数日だったが、その時に感じたベルリンの空気がとても心地よかった。人々が皆、それぞれのやり方で自由に生きている。生きていることを、心から楽しんでいる。私の目には、そんな風に見えたのだ。

町の中心に大きな公園があって、道路にも街路樹が多く、緑がたくさんあることも印象に残った。樹木が多いから、大好きな鳥の声も方々から聞こえてくる。きっと、その時に町を案内してくださったコーディネーターさんの力量によるところが大きいのだろう。彼女のおかげで、私はすっかりベルリンが好きになってしまったのだから。

そのコーディネーターさんに、出発前、ベルリンでのリクエストを聞かれ、私が真っ先に挙げたのは、バウムクーヘンだった。ドイツに行けば、美味《おい》しいバウムクーヘンがあるに違いない、と思ったのである。

今だったら、そのリクエストがいかに難解なものだったか、私にも理解できるのだが、当時は、ドイツといえばバウムクーヘンくらいのイメージしか持っていなかった。けれど実のところ、ドイツでバウムクーヘンはそれほどメジャーなお菓子ではなく、若者の中にはバウムクーヘン自体を知らない人もいるくらいだ。

ベルリンにも、バウムクーヘンを売るお店は何軒かあるものの、正直いって、味は日本のバウムクーヘンの方が格段に美味しいのである。

バウムクーヘンに限らず、お菓子全般に言えることで、ドイツのお菓子は、大きいだけ大きくて、極端に甘かったり、大味だったりする。だから、ドイツ語で焼き菓子を意味する「クーヘン」をもじって、「クエヘン」なんて馬鹿にしていたのだった。

ところが、ここ数年で、そんなクエヘン事情にも変化が起こりつつあり、わが家の近所でも、美味しいケーキが食べられるようになった。とはいえ、一軒はフランス菓子の店で、もう一軒もイギリスのチーズケーキの店なので、厳密に言えばドイツ菓子ではないのだけど。そのへんのことには、ドイツ人同様、私もあまりこだわらないことに決めたのである。

夏のワイン祭り

ドイツワインは、甘くて美味しくない、と思っている人はかなりいる。かつては私もそうだった。

そうではないとわかったのは、実際にドイツに来て、ワインを飲むようになってから。誤解されていた原因は、日本に多く輸入されていたドイツワインが甘いタイプだったためで、それがドイツワインのイメージに誤解を与えてしまったらしい。

ドイツといえばビールという印象が強いけれど、実はワインもなかなかなのだ。特に、白ワインはレベルが高い。私はよく、リースリングという品種の白ワインを好んで飲んでいるが、味わい深く、どんなに安くても安心して飲めるのである。

金曜日の夕方、とある広場に集まってワインを楽しむことになった。その広場はベルリンの中心部からは少し離れているのだが、ワイン好きの間では知る人ぞ知る場所である。

夏の間、ドイツのワイン名産地からワイン農家がやって来て、その家で作られているワインを出してくれるのだ。しかも、一定の期間が過ぎると別のワイン農家がまた自分たちのワインを持ってやって来るので、一夏の間にもたくさんの農家のワインを同じ場所で味わえるのである。

夕方六時半の待ち合わせで会場に行くと、すでに広場には人があふれていた。緑豊かな公園の一角にはベンチとテーブルがずらりと並び、どのテーブルにも美味しそうな料理が並んでいる。このワイン祭りはワインだけを提供するので、食べ物の持ち込みは自由。中には、家から持ち寄った白いテーブルクロスを広げ、優雅に晩餐《ばんさん》を楽しむ人たちもいる。

覚えたてのドイツ語でなんとか席を確保し、一人ずつワインを買ってくる。お猪口に日本酒をなみなみ注ぐのと同じ感覚で、ワイングラスの縁すれすれにまでワインを注いでくれた。この大盤振る舞いが、いかにもドイツで笑ってしまう。こぼさないよう慎重に歩いてテーブルまでたどり着き、乾杯した。友人が作ってきたサンドウィッチや畑で採れたばかりのイチゴなどつまみながら、青空の下でワインを堪能する。

同じテーブルには、七十代の母親と、その息子。更にその隣にはスペイン語を話すグループが座っていたが、途中からだんだん打ち解けて、何度もみんなで乾杯をしたり、料理を交換したりして盛り上がった。息子と一緒に来ていた母親はいい感じに出来上がっていて、陽気にふるまっていた。初歩的なたどたどしいドイツ語でも、ドイツ人と会話ができることが嬉しかった。

おかしかったのは、夜九時半の終了時間を迎えると、みんながあっという間にいなくなったことだ。時間に正確なドイツ人の気質を表している。私たちはその後、近所のビストロに移動して更に飲んだので、家に帰ったのは午前一時過ぎだったけど。短い夏を謳歌する、最高の過ごし方である。

サプライズ

テーゲル空港まで夫を迎えに行ってきた。夫には「アパートで待っているからね」と伝えてあるから、これは極秘のサプライズである。もちろん、ゆりねも一緒である。

この三カ月、夫は東京で、私はベルリンで暮らしてきた。付き合って二十年ちょっと、結婚してからも十七年、こんなに長く離れて暮らすのは初めてである。少々不安もあったけれど、やってみるしかない。うまくいかなければ、その時にまた考えればいいと腹をくくっていた。

私たちが出会った頃は、まだ携帯電話も、メールもインターネットも、日常的には使われていなかった。それが、この二十年間で環境は劇的に変化し、世界中どこにいても、インターネットにさえ繋《つな》がれば、相手の顔を見ながら、しかもタダで話ができる時代になったのだ。手にコインを握りしめ、一秒一秒を惜しむような気持ちで海外から電話をかけていたあの時代は、もう終わったのである。

私たち夫婦も、今回、そんな文明の利器に随分とお世話になった。逆に、それがなければ、ドイツと日本で三カ月も離れて暮らすなんてあり得なかっただろう。毎日、しかも何度でも気軽に顔を見て話せるから、正直なところ、そんなに寂しさは感じなかった。特に、私の場合は犬も一緒だったので、余計、寂しさを感じずに済んだのだ。けれど、東京でひとり暮らしとなった夫は、違ったらしい。私とは、まだ顔を見て話したり、コミュニケーションが取れるからいいのだが、ゆりねとは、全くコミュニケーションが取れない。いくら夫が画面を通して呼びかけても、ゆりねの方は、聞こえないのかよくわからないのかそっぽを向いている。夫にとっては、私と離れることよりも、ゆりねと離れ離れになることが、相当身にしみたようだ。いつの間にか、ふたりの人間と犬一匹が、分かち難い家族になっていた。

さて、夫を乗せた便が到着する午後六時。私とゆりねは、テーゲル空港の到着ロビーで、今か今かと夫が出てくるのを待っていた。夫は、まさかそこに私たちがいるとは思っていない。ゆりねには、「ようこそ！」とドイツ語で書いた手作りのプラカードを首から下げさせる。ゆりね自身は首から下げさせられた紙を邪魔そうにしていたけれど、サプライズの演出なので、少しの間我慢してもらった。すべては、三カ月ぶ

りとなる家族の再会のためである。
少し疲れた表情の夫が、両手にスーツケースを引きながら出口に現れた。私たちの前を通り過ぎそうになったので、慌てて声をかける。一瞬で、顔がほころんだ。
アパートに戻ってから、ビールで乾杯した。これで、家族がようやく同じ屋根の下に暮らすことができる。まずは、無事にここまで来られたことにホッとしたのだった。

ゴボウらしきもの

近所のスーパーで、ゴボウらしきものを見つけた。見た目はどこからどう見てもゴボウだが、これまで、日本以外の国で見かけたことは皆無だ。しかも、アジア系のスーパーならまだしも、ここはベルリンにあるごく普通のスーパーマーケットである。

海外にいて何が恋しくなるかというと、私の場合、その筆頭が根菜である。里芋とか、蓮根《れんこん》とか。だから、長く日本を離れる時は、いつも、乾燥状態になっているものを持ってきていた。その乾物を、ちびりちびり、惜しむように使うのである。

ゴボウらしきものを買い、よろこび勇んで家に帰ってドイツ語の辞書で調べると、やっぱりゴボウだった。正式には、キクゴボウとある。早速、牛肉と炊いて牛ゴボウを作り、ご飯のおかずにすることにした。

ところが、ゴボウに包丁を当てると、どうも様子が違う。ガムがくっつくみたいに、ベタベタするのである。でも、ゴボウだと信じたい私は、気のせいかと思って無理やり料理を続けた。頭の中は、食物繊維たっぷりのゴボウの食感でいっぱいである。期待は、最高潮に達していた。

やけに早く火が通った。普段なら途中で味見をするのだが、怖くてできない。食卓に並べ、夫を呼ぶ。

「今日はね、スーパーにゴボウがあったから、牛肉と炊いて煮物にしたよ」

そう言って、先に箸をつけさせた。

「どう？」「うーん」

夫の顔が曇っている。やっぱり、そうか……。

覚悟を決め、私もゴボウを口に運ぶ。私も夫と同じ表情になる。微妙である。ゴボウだけど、本当にゴボウかしら？　って感じ。確かにゴボウに似ているけれど、期待していたゴボウとは違った。なんていうか、長芋みたいなしゃりしゃりとした食感なのだ。長芋とゴボウのハーフと言われたら、納得するかもしれない。

一事が万事こんな風で、失敗はつきもの。海外でちゃんとした和食を食べようとすると苦労する。しかも、お米だってお醤油だってお味噌だって、なんだって高い。でも、長くいると和食が恋しくなる。だから、みなさん、自分で作れるものは自分で作る。私の友人は自らうどんを打つし、別の友人は、去年お味噌を手作りした。私も、がんばらねば！

という訳で、まずは納豆作りに挑戦した。納豆も、手に入るには入るけど、高くてそうしょっちゅうは買えないのである。でも、自分で作れば、大好きな納豆を思いっきりご飯にかけて食べられる。そのつもりで、日本から納豆菌を持ってきたのだ。

茹《ゆ》でた大豆に納豆菌をまぶしてから、丸一日保温する必要があるというので、湯たんぽを活用した。あとは、たまに湯たんぽのお湯をかえて、使っていない掛布団に包んでおいておくだけである。さて、結果は。

ちゃんと納豆になっていた。これに、お醬油とオリーブオイルをかけて食べるのが、私流、ベルリンでの食べ方である。

とっておきのレストラン

イタリアに一軒、とても好きなレストランがある。初めて行ったのは三年前の夏で、その時はあまりにおいしくて、旅の計画を急きょ変更し、帰りにもう一度訪れたほど。とにかく、そこで食事するためだけにイタリアに行く、というのが大げさでないくらい、私の好きな場所である。

そのレストランの創業は、一九三四年で、家族経営の店だ。場所は、北イタリアの山間の小さな村にあり、最寄りの駅はボローニャだが、そこからも車で三十分以上かかる。つまり、決して便利な場所にあるレストランではない。にもかかわらず、おいしい食事を楽しみたいお客さんで、連日にぎわっているのである。きっと、その村にそのレストランがあることは、地元の人たちの大きな誇りになっているのだろう。村の顔ともいえる存在なのだ。

そんな辺ぴな場所にありながらも、やっていることは超一流ということに、しびれてしまう。まず、その佇《たたず》まいからして凜《りん》としている。ピカピカに磨き上げられた窓、真っ白い麻のカーテンやテーブルクロス、飾られている古い食器など、どこをどう見回しても背筋がまっすぐに伸びている。かといって、決して人を緊張させない。変にゴージャスだったりしないところが、この店の良さだ。

前回、友人とお邪魔した時は、近所に住む男性なのだろう、サンダルを履いた彼は、ひとりで来てパスタだけ食べて帰って行った。かと思えば、全員正装した三世代の大家族が、何時間もかけて誕生日をお祝いしていたりする。その懐の深さが、さすがである。

願わくは私も、パスタだけ食べにふらりと来て帰りたいものだと思うけれど、まだまだそんな悠長なことは言っていられないので、しっかり、前菜から味わった。

その旅が七十歳にして初イタリアだという友人は、最初に出された牛肉のタルタルで、すでに胃袋を鷲掴《わしづか》みにされていた。柔らかく新鮮な生の牛肉の上には、とろろ昆布くらい薄くスライスしたトリュフがかけられていて、口の中に入れるとふわりと森の香りがする。一口、二口と夢中で食べるうち、皿の上はあっという間に空になっていた。どの料理にも共通するが、塩加減が絶妙だ。

そして、お目当てのスープパスタ。コンソメのスープに、中に豚肉などの具を詰めた本当に小さいパスタが入っているトルテリーニは、何度食べても、絶対にまた食べたいと思う味だ。餃子《ギョーザ》をぎゅっと小さくしたようなパスタを手作りするのは、気の遠くなる作業である。イタリアを北と南に分けた場合、私は断然北イタリアが好きなのだが、このトルテリーニはいかにもまじめで礼儀正しい北イタリアの人たちの気質を象徴しているようで、食べるとますます北イタリアが好きになる。秘密にしておきたい、けれどみんなに紹介したい、とっておきの場所である。

変化する体

三十代に二回、モンゴルに行って遊牧民生活を体験した。最初は極寒と言われる冬の時期で、二回目は夏だった。夏の時は、計三週間の滞在で、そのほとんどを田舎のゲルで過ごした。

一回目の滞在は、楽しかった。寒かったが、プライバシーなど何も確保されない空間で、モンゴル人一家と家族のように寝起きを共にし、火の周りで過ごした時間はかけがえのないものだった。

けれど二回目の滞在は、過酷だった。まず、滞在していた時間が長かったし、場所も、首都のウランバートルから車で何時間もかかるような離れた場所で、インターネットも一切つながらなかった。昼間は猛暑、夜は極寒という気温差で、夜、あまりに寒くて眠れないことも多かった。毎晩のように、予定を変更して明日こそ日本に帰ろう、と思っていた。

だが、飛行機は毎日飛んでいるわけではないし、帰ろうと思ったところで、そう簡単に帰れないのである。インターネットにつながらないから、情報からもすっかり閉ざされていた。結局、当初の予定通り三週間滞在して日本に戻ったが、三週間ぶりに会った夫は開口一番、「なんだか獣みたいな目をしている。殺気立っていて、怖い」と言った。

本人にそんな自覚はなかったものの、モンゴルでの過酷な生活が、知らず知らず、私の野性を引き出したのかもしれない。

何がもっとも過酷だったかというと、食事である。とにかく、野菜が一切なかった。モンゴルの遊牧民の中には、生涯一度も野菜を食べずに人生を終える人もいるそうで、食事の中心となるのは肉と乳製品。朝、昼、晩と、すべて肉がメインなのである。

野菜中心、肉よりも魚を好んで食べていた私の食生活とは全く逆である。その食事に体が悲鳴をあげ、ストライキを起こした。以来、外国に行く時は、フリーズドライのお味噌汁やお煎餅《せんべい》を持っていくよう心がけている。一日のうち一回でもなじみの味を口にすることで、リズムが整い、不慣れな食事の違和感を払拭《ふっしょく》することができるからだ。

そんな私だったが、ベルリンで暮らすとなると、野菜はあるが、魚はそうしょっち

ゅう食べられず、肉がメインになる。結果的にほぼ半年間、ほとんど魚を食べずに過ごした。すると驚いたことが起きたのである。
日本に帰った際、今度は体が魚を受け付けなくなっていたのだ。もちろん食べることはできるのだが、以前のようにおいしく感じない。久しぶりに魚が食べられる環境で、食べ過ぎたというのもあるかもしれないが、どちらかというと魚よりも肉を欲するようになっていた。これには、自分でもびっくりした。
体が、ベルリンの環境に時間をかけて順応していったのだろう。モンゴルでの苦い経験を経て、自分が少し成長できたようでうれしかった。

手前味噌

子どもの頃、朝ごはんは決まってご飯とお味噌汁だった。朝食に、パンを食べた記憶はほとんどない。なんとなく、パン食の方がハイカラな気がして、子どもの時分はそういう朝ごはんを羨ましく思っていたけれど、いつの間にか、やっぱり朝ごはんは和食でないと落ち着かない体になった。

海外生活も、お味噌汁があるかないかで、だいぶ体への負担が違ってくる。どんなにおいしいご馳走を食べても、毎日食べ続けるとしんどくなり、あー、お味噌汁が飲みたい、と体が欲するようになった。私の場合、ご飯よりもむしろお味噌汁に対する憧憬《しょうけい》の方が強い。なにはともあれお味噌汁、なのである。だから、海外旅行に出かける時も、お守りのように、インスタントのお味噌汁を携帯する。

この冬、私は味噌作りに挑戦した。実は、数年前に一度、日本でも作ってみたことがある。けれど、なかなか思い通りの味にならず、やっぱり味噌はプロの味噌屋に任せよう、と思っていた。

今は一年の大半をベルリンで過ごしている。もちろん、ベルリンでも味噌は買えるのだが、自分好みの味噌を選べるほどの選択肢はない。だいたい、保存食の代表選手であるような味噌に、保存料や化学調味料など添加物が入っていることも少なくなく、自分で作るのが一番安心できるのではないかという結論に至ったのである。ベルリンに住む友人たちは、それぞれ自分で味噌を作っている。

幸い、ベルリンにも麹《こうじ》を作っている人がいて、麹はそこから分けていただいた。生の麹で、麦麹と玄米麹の二種類あるとのこと。せっかくなので、両方を使って味噌を仕込み、味比べをすることにした。

味噌の原料は、麹と大豆、塩だけだ。大豆を蒸すか煮て柔らかくしたら、ブレンダーを使ってペースト状にし、あとは麹と塩をあらかじめ混ぜておいたものと合わせるだけである。私のように圧力鍋がない場合は、豆を煮るのに時間がかかるが、作業としては至って簡単だ。

以前作った時は、確か、ブレンダーを使わず、すり鉢で豆を潰していた。なんとなく、その方がより手作り感が増しておいしくなるのでは、と期待してのことだったが、途中でくたびれてしまった。その作業をブレンダーに任せるだけで、味噌作りは思いのほか楽になる。

あとは、カビが生えることに注意して、ひたすら、寝かせるだけ。ただ、味噌作りのベテランにいわせると、カビは生えて当たり前らしい。だから、それほど神経質になる必要もないのかもしれない。

わが家の味噌も、そろそろ食べられるようになっているだろうか。春になり、暖かくなると互いの手前味噌を交換し合うのもまた、ベルリンに住んでいる楽しみのひとつなのである。

第五章　双六人生

お風呂通い

夕方になり、夕焼け小焼けの音楽が聞こえると、いそいそとお風呂道具を持って散歩に出る。目的は、隣町にある天然温泉だ。温泉といっても、まちなかにある施設で、銭湯に毛が生えたようなものである。すぐ横を、大きな道路が走っている。

片道三十分ほどの道のりは、毎日の運動も兼ねる。道端にゆれる草花に季節の移ろいを感じ、ぽつぽつと点在する個人商店をひやかしながら歩く。先日は、思わぬ場所に、思わぬ雑貨屋を発見した。

一通り目を通してサクッと店を出るつもりが、一台のタイプライターに目が留まり、そこから店主のタイプライター談義がはじまって、店を出る頃にはとっぷりと陽が暮れてしまった。そういうひょんな出会いがあることも、お風呂通いの楽しみのひとつである。

来ているのは、近所の人が多い。部活動を終えた中学生が友達同士で来ているかと思えば、仕事を終えた主婦が夕飯前のひとっぷろを浴びに来る。幼い子どもの手を引く、若いお母さんの姿もある。工事現場で働いてきたのだろう。作業着の姿の男性もいる。千円におつりがくる入浴料は、庶民にはとてもありがたい設定だ。日常の、ちょっとした贅沢《ぜいたく》である。

髪の毛を洗い、体を洗い、あとは外の湯船につかって、心ゆくまでのんびりする。たとえすぐ横に大きな道路があるとはいえ、露天風呂は露天風呂、空は空なのである。生まれたままの姿に戻って、はーっとため息をつきながら、大きな湯船に手足を広げるのは、幸せ以外のなにものでもない。この解放感に勝るものなど、ないのである。あー、いいお湯だなぁ。

裸になってしまえば、その人がどんな仕事をしているかも、年齢も、結婚しているのかいないのかも、はたまた離婚したことがあるかどうかも、一切わからない。あるのは、それぞれの体だけだ。素の自分に戻れるというのは、とても大切なことだと思う。

温泉はまた、情報交換の場でもある。隣の浴槽で盛り上がっているおばちゃん達の会話に耳をすまし、スーパーの安売り情報を教えてもらう。誰も、私が本を書いている人間だなんて思わないから、気安く話しかけてくれる。時には、お叱りを受けたりもして、けれどそれがとても新鮮で、嬉しくなる。先生、なんて呼ばれるのは、まっぴらご免なのだ。

物書きなら誰でも先生になるわけではない。先生と呼ばれるのに相応《ふさわ》しい作家もいるけれど、私みたいに、相応しくないけれど文章を書いている人間もいる。温泉では、名札をつけているはずもなく、先生などと呼ばれる恐怖もない。

みんなみんな、ただの人。それ以上でも、以下でもないのだ。

怒る人

怒る人がいる。この場合の「怒る」は、すぐに怒ることである。怒りの沸点がものすごく低くて、一度怒りに火がつくと、自分でも消せなくなってしまう。感情の赴くまま、相手に怒りをぶちまけるのである。

もちろん、正当な怒りに対しては、謝らなくてはいけない。自分が悪いことを相手にして、その人を怒らせてしまったのならば、素直に謝るのは当然のことだ。けれど、そうではない場合の、こちらからすると不本意な怒りも確かに存在する。そして、不本意な怒りが、どうもここ最近、増しているように感じてしまうのだ。社会全体にストレスがたまっていることと、SNSなどのコミュニケーション手段が増えたことも、関係があるのではないだろうか。

私自身は、なるべくそうなりたくないし、そういう火種を持つ相手とは距離をとり、できれば日々の暮らしの中で接点を持たずにいようと気をつけている。というのも、そういう人は、一度怒ってしまうと手がつけられないし、自分の正当性を主張するために、相手をとことんまで攻撃してくるからだ。

以前はそういう不本意な怒りに対して自分も同じように怒っていた。けれど、四十年も生きてくると怒りに怒りで対応しても、何一つ解決しないことが経験上わかってくる。

怒りに怒りで応じるのは、火に油を注ぐようなもの。いちばんいいのは無視することだが、これには相当の忍耐がいる。第一、相手に好き放題ののしられたり気分を害するようなことを言われたりするのに黙って耐え忍ぶというのは、至難の業だ。

相手の怒りが自然消滅してから、こちらの不服を冷静に伝える方法もあるが、そういう相手は、またそこで怒りを再発させる恐れがあるので、とにかく、扱いが難しい。関わらないに越したことはない。

観察していると、すぐに怒りのスイッチが入ってしまう人というのは、要するに、いつも怯えているのである。誰かが自分に危害を加えるのではないかとビクビクしている。すぐに吠《ほ》える犬と構造は同じである。

誰かが自分に危害を加えるのではと常に怯えているから、たとえば相手が、自分を抱擁しようとして上げた手を、殴られると勘違いして、逆に相手を先に殴ってしまう。物事を悪い方へ悪い方へととらえるから、結果として、自分から悪い流れの方へ身を預けてしまうのだ。本人も疲れるだろうが、そういう相手をしなくてはいけない周りも疲弊する。

物事を、悲観的に受け止めるか、楽観的に受け止められるか、というのは、生きる上で、とても大事なのではないだろうか。私自身は楽観的に、日々おおらかに生きていきたい。

けれど、もしも運悪く怒る人と遭遇し、その怒りに巻き込まれてしまったら、自分も怒る前に瞑想するようにしている。まずは呼吸を落ち着けて、冷静になるために。

自分の幸せと誰かの幸せ

私は、毎晩眠る前や、朝起きた時など、布団に横たわったまま、瞑想をするようにしている。心の中で、毎回、同じ言葉を唱えるのだ。内容は、ちょっと長くなるけれど、こんな感じである。

私が幸せでありますように。私の悩み苦しみが、なくなりますように。私の願い事が叶いますように。私に悟りの光が現れますように。

私の親しい人たちが幸せでありますように。私の親しい人たちの悩み苦しみがなくなりますように。私の親しい人たちの願い事が叶えられますように。私の親しい人たちに悟りの光が現れますように。

生きとしいけるものが幸せでありますように。生きとしいけるものの悩み苦しみがなくなりますように。生きとしいけるものの願い事が叶えられますように。生きとしいけるものに悟りの光が現れますように。

私の嫌いな人たちも幸せでありますように。私の嫌いな人たちも悩み苦しみがなくなりますように。私の嫌いな人たちも願い事が叶えられますように。私の嫌いな人たちも悟りの光が現れますように。

私を嫌っている人たちも幸せでありますように。私を嫌っている人たちも悩み苦しみがなくなりますように。私を嫌っている人たちも願い事が叶えられますように。私を嫌っている人たちも悟りの光が現れますように。

そして最後にもう一度、生きとしいけるものが幸せでありますように、で終えるのである。

最初はなかなか頭に入らなかったけれど、覚えてしまえば簡単だ。特に始めの頃は、自分の嫌いな人や自分を嫌っている人の幸福を願ったりすることに、抵抗があった。でも、今はそのことに対して何も思わない。

これは、アルボムッレ・スマナサーラさんというスリランカ出身のお坊さんが提唱している瞑想法だ。出会いはかれこれ十年以上前になる。知り合いに紹介されたスマナサーラさんの本を読んで、この瞑想法を知ったのだ。

この瞑想法がいいのは、最初に自分の幸せを願っている点だと思う。自分自身が幸

せを知らないのに、他の誰かを幸せにすることはできない。私は、誰かを幸せにしようなんて考えること自体がすでに、傲慢なことだと思っている。でも、自分が幸せになる延長線上に、誰かの幸せもあるのだとしたら、それはとてもいいことだと思う。

スマナサーラさんは、仏教は宗教ではなく、心の科学だと言っている。人がより快適に生きるための、ガイドブックのようなものかもしれない。瞑想を日常的にするようになってから、少しずつ生きるのが楽になった。ご興味ある方は、ぜひ試してみてください。

モンゴルの空　鎌倉の海

上京したのは十八歳の時だった。東京の大学に進学することは、当たり前のようなもので、そのまま東京で就職するのもまた、当たり前のように感じていた。でも、本当はどこに住んでもいい。住む場所は、自分で決めていいのだ。

そのことを教えてくれたのは、モンゴルだった。初めてモンゴルに行ったのは、二〇〇九年だったろうか。モンゴルでは極寒と言われる三月、遊牧民のハヤナーさん宅にホームステイした。宅と書いたが、ゲル、要するにテントである。遊牧民の彼らは、数年先の草の生え具合を予測しながら、羊たちと共に自ら移動し、その都度そこにゲルを建てて暮らしている。

半径数メートルほどの空間に、人間が八人、更に羊までもが加わる大所帯で、プライバシーなど全くない。トイレはもちろん外だし、電気は、昼間貯《た》めた太陽光発電がほんの少し使えるだけ。何もかもが、東京の暮らしとはかけ離れていた。

ハヤナーさんのゲルを去る日、私はごろんと地面の上に寝そべって、手足を大の字に広げてみた。見上げた空では悠々と雲が流れ、すぐそばに生き物の気配を感じる。それが、とても気持ちよかった。その時に、私はふと大切なことに気づいたのだ。私にその意思さえあれば、ここで遊牧民として生きることだって、決して不可能ではないということ。自分はそれくらい自由で、どこにでも住めるのだ、とはっきり自覚したのである。そうしたら、ものすごく楽になった。自分をがんじがらめに縛っていたのは、他でもない、自分自身だったのだ。

それまでの私は、作家とはこうあるべき、というようなつまらない固定観念に縛られていた。でも、モンゴルで地面に寝そべっているうち、それがいかに陳腐な考えで、自分を狭い部屋に閉じ込めていたかに気づくことができた。あの時モンゴルに行っていなかったら、私は今でも、自分が生み出した根拠のない妄想にとりつかれていたのかもしれない。

以来、私はなるべく自分の荷物を少なくし、思い立ったらいつでも旅立てることをモットーとしている。暮らしの中から物語が生まれるのを、理想として生きているのだ。

以前、鎌倉に仮住まいをしたのも、そういう理由からだった。やっぱり、住んでみなければわからないことがたくさんある。観光客でにぎわう昼間の顔と、住民だけの生活の場となる夜の顔とは全く違う。夜の暗さは、暮らしてみなければわからなかった。大切なのは、自分の肌で感じたり、体を使って体験することだ。

実は、今もこの文章を鎌倉で書いている。前回は山の方だったので、今回は海の方に部屋を借りた。ほんの半月ほどだが、私には発見の連続だ。行き当たりばったりの転がる人生も楽しいものだと、海を見ながら思っている。

三崎港のカフェ

鎌倉で過ごす週末、少し遠出をして三崎まで行ってきた。鎌倉から三崎口まで行くのに、電車を三回乗り換えた。ちょっとした遠足気分だ。三崎口からは更にバスに乗って、三崎港を目指す。

バスは、思いのほか混んでいた。その日は祝日で、しかもどこかでお祭りがあるらしく、どうせ誰もいないだろうという甘い期待は、見事に裏切られた。それでも、混雑したバスの窓から、道端で売られているおいしそうな野菜を見たりして、遠足気分を満喫する。知らない町に行くのは、いつだってワクワクする。

あらかじめ知り合いに聞いていた食堂に行くと、そこにもまた長蛇の列ができていた。海から吹く風の冷たさに何度もひるみそうになったものの、我慢に我慢を重ねて店の中へ。赤身のマグロのお刺身定食を食べ、店を出た。

三崎港に行ってみたいと思ったのは、一軒のカフェがきっかけだった。バス停のすぐ前にあるカフェで、二階からの眺めが素晴らしいのだという。

期待を胸に階段を上がると、窓の向こうの青空が目に飛び込んできた。海が、笑うようにきらきらと輝いている。

カフェオレと苺のタルトを口に運びながら、鎌倉駅前の書店で手に入れた本を読む。外はあんなに寒かったのに、カフェの中は薪ストーブと太陽の熱で暖かかった。本を読んでは海を見て、また本を読んでは空を見て、なんとも至福な時間を過ごす。一人だからこそ、こういう贅沢な時間を思いっきり楽しめるのかもしれない。気がつくと、あっという間に夕方の四時になっていた。

その日は満月だったので、夜は、友人らと一緒に、茅ケ崎まで月を見に出かけた。どうやらそこは、満月の夜にだけ開かれる特別なお店のようで、その時は焚《た》き火を囲んで暖を取りながら月を愛《め》でるのだという。お客さんはほとんどが地元の人で、みなさん徒歩や自転車でいらしていた。こういう場所が近くにあるなんて、羨ましい限りである。

まずはおいしい料理で胃袋を満たし、それからワインを片手に焚き火の方へ移動する。なんて美しいのだろう。広々とした空に浮かぶお月様には、お餅をつく兎の姿がはっきりと現れている。

夕方には小雪の舞う寒い日だったが、火のおかげで、寒さはそれほど感じなかった。時間が経ち、焚き火の炎が落ち着いてくると、地面では熾火《おきび》が赤い光を放った。その形がちょうど丸く整えてあるので、空にも満月、地面にも真っ赤な満月があるように見える。火を見ていると、どうして心が穏やかになるのだろう。

月の光を浴びながら飲むワインは格別だった。月の満ち欠けと共に暮らせたら、人はもっと幸せになれるのかもしれない。

柿田川

川が好きである。自分のペンネームを考える時も、川の字を入れたいと思った。大きい川よりも小さい川の方に親しみを覚えるので、小川にした。とても単純な理由である。今住んでいる場所も、川が決め手だった。ずっと、川のそばに住みたいと思っていた。川は、見ていると心が落ち着くのである。水が流れている、という状況は、ただそれだけで浄化作用があるように思えてならない。

思い返すと、仙台に住んでいた祖母の家は、まさに川の真横だった。広瀬川という大きな川で、家の中にいても、絶えず川の流れる音が聞こえていた。

夜、眠りにつく時、目を閉じるとさらさらと音が聞こえて、それはまるで子守歌のようだった。そして、朝起きて真っ先に耳に流れ込んでくるのも、やっぱり川のせせらぎだった。

そんな原体験が、私を川好きにしたのだろうか。大人になった私は、いつも無意識に、川を求めている。

ただし、私が好きなのは、護岸工事がされていない自然の川だ。コンクリートで補強された川ではなく、自然のままの姿で、岸辺には草が生い茂り、その土地の地形に沿って曲がりくねる川である。けれど、この日本で、それを探すのはかなり難しい。自宅のそばを流れる川も、当然のように護岸工事がされている。

自然の川を一目見たくて、柿田川湧水群を訪ねた。静岡県を流れる柿田川は、日本でもっとも美しい川のひとつと言われている。三島から路線バスに乗り、柿田川公園を目指す。

この川は、すべて富士山に降った雨や雪どけ水が水源になっているという。地下深くに浸透したそれらが、およそ四半世紀を経て、地上に湧き出てくる。川には、何箇所も、湧き間と呼ばれる水源があり、そこからぽこぽこと絶え間なく水が湧いている。その姿は、まるでクラゲが優雅に踊っているようだった。

湧水量は、一日百万立方メートルにも及ぶとのこと。水は恐ろしいほどに透明で、ふたつある展望台からのぞくと、青や緑に見える。

私は何度も深呼吸した。目を閉じて、体に溜まっている悪いものを全部吐き出し、

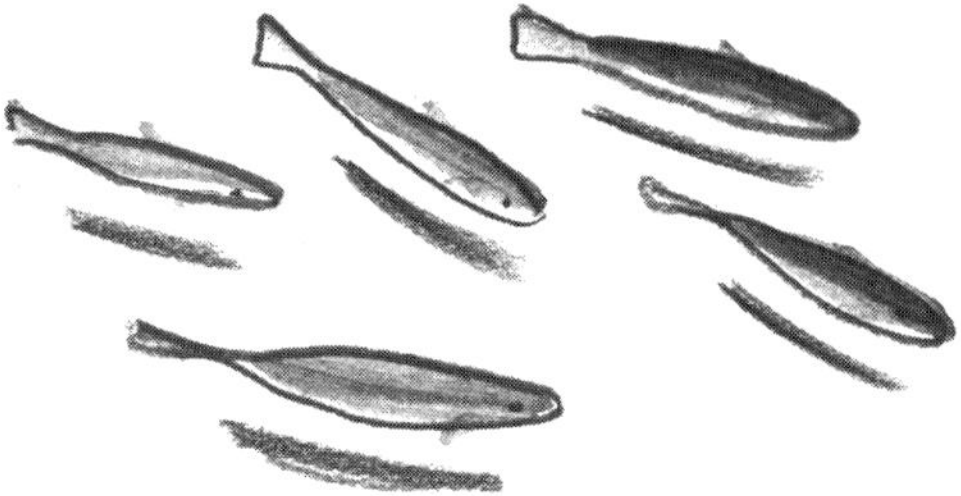

澄んだ空気を体のすみずみにまで取り入れる。ゆっくりと目を開けると、川の周辺には植物が茂り、鳥が戯れていた。

常々、水のように生きられたら、と思っている。水蒸気になったり、水になったり、お湯になったり、氷になったり。その場の環境にすっと適応し、けれど決してなくならない。変化し続けながら、ありとあらゆるものの命を支える水は、なんて立派なのだろう。

帰りに、湧き水を両手にすくって飲んでみた。なんともいえない、おいしい水だった。ものすごく冷たいのかと思っていたら、そうでもない。柔らかくて、優しくて、ほんのりとした甘さもあり、地球から出た極上のお出汁をいただいているようだった。

九十九里の同志

カメラマンの友人が、九十九里に仕事場を移したというので、一泊で会いに行ってきた。彼女は数年前からサーフィンに夢中になり、ついに海のそばに部屋を借りたという。原宿にあった暗室も九十九里に移し、今は、東京にある自宅と九十九里を行ったり来たりしている。彼女に会うのは、久しぶりだった。

自由に生きたい、とは思うけれど、彼女ほど、それを実行している人を私は知らない。思い立ったらすぐ旅に出るし、九十九里に部屋を借りたのも、撮影でたまたま来て町の雰囲気が気に入ったから。その日のうちに不動産屋に行って物件を見て回り、次の日には契約したという。

旦那さんはさぞ大変だろうと思うけれど、一度しかない人生なのだから、悔いのないよう思う存分自分のやりたいことをして生きていきたい、という意思をとことんまでに貫く姿勢は、いつも私に大切なことを教えてくれる。そして彼女は、カメラマンとしての仕事もきちんと全うしている。私が尊敬する人のひとりだ。

駅まで迎えに来てくれた彼女は、相変わらず元気そうだった。数年ぶりに会ったけれど、時間の空白を感じない。すんなりと、ふたりでいた時間の流れに戻ることができる。

彼女とは、旅仲間だ。もっとも長く一緒にいたのは、夏のモンゴルで、三週間ほどだったろうか、私たちはモンゴルのゲルで共同生活をした。

その旅は、今思い出しても過酷で、確実に自分をたくましく成長させてくれたと思っている。もしも彼女が一緒でなかったら、間違いなく、私は途中で音をあげて帰って来たことだろう。あのゲルに暮らしていた時、私は毎晩のように、明日帰ろう、明日帰ろう、と思って泣きべそをかいていたのだから。

今だから笑い話になるけれど、その時は本当に辛かった。野菜が少しもない、朝、昼、晩と肉だけの食事に体が悲鳴をあげたし、ゲルの中にある、地べたに直接置かれた歪《ゆが》んだベッドにも、どうしても慣れることができなかった。

一日のうち唯一の楽しみと言えるのが近くの温泉にある泥エステで、体中に泥を塗ってもらい身心を癒やした。ただし、エステというと聞こえはいいが、現実は掘っ建て小屋で、泥もその辺にある泥だった。

馬に乗っては落馬するし、インターネットも全くつながらないし、思い通りにならないことの連続だった。夜、寒くて薪ストーブに火をつけたいのに、どんなにマッチをすっても火がつかず、火もつけられない自分自身に愕然としたものである。

彼女が九十九里に借りた部屋は、なんだかちょっと、ゲルを思わせる造りだった。夜は七輪に火をおこして、近くの魚屋さんで買ってきた穴子やかますを焼いて食べる。ちびりちびりと日本酒を飲みながら、いろんな話をした。私は勝手に、彼女を人生の同志だと思っている。

いざ、出発

　朝、文化鍋でご飯を炊いた。冷蔵庫に、塩鮭と昆布の佃煮が残っていたので、それを混ぜておにぎりにする。次にこの台所でご飯を炊くのは、半年後になる予定だ。洗濯物を干し、換気扇を回し、布団を畳んで、戸締まりを確認する。もう何回ベルリンに足を運んだのかわからないけれど、今回の出発は、いつもとは少し意味が違う。最後にもう一度忘れ物がないかをチェックし、夫と犬と家を出た。

　おにぎりは、ロシアの上空でほおばった。何もかもが無機質な飛行機の中で食べるおにぎりは、自分自身が生身の人間であることを思い出させてくれる。やっぱり、おにぎりを持ってきて大正解だった。

　ヘルシンキで飛行機を乗り継ぎ、ベルリンへ。ベルリン行きの飛行機を待つ搭乗口に行くと、気持ちがほぐれた。ここにいる人たち全員がベルリンに降り立つと思うだけで、なんだか妙な親近感がわいてくる。

搭乗口からバスに乗って飛行機まで移動する時、犬を連れていたら、赤いダウンジャケットを着た若い女性が、席を譲ってくれた。にっこり笑って、お礼を言う。まだドイツ語は全く話せないから、せめて笑顔だけは絶やさないようにしよう。

いつか、旅行者としてではなく、きちんとベルリンに根っこを張って暮らしてみたいと思っていた。ただ、ベルリンは今、ものすごい住宅難で、とにかく部屋を見つけるのが大変だと言われている。家賃が高騰し、いい物件の空き情報が出ると、それこそ、百件とか二百件の希望者が殺到するらしく、住む場所を見つけるのがほぼ不可能な状態なのだ。

だから、半分あきらめていた。それが、ひょんなことから、友人が借りていたアパートを引き継ぐことになったのである。渡りに船とは、まさにこのこと。それならばと、ベルリン行きを決めたのだった。

という訳で、日本に帰国する友人一家と入れ違いで、今度は私たちがそのアパートに入ることになった。なんという、ラッキーだろう。

友人が冷蔵庫や洗濯機、椅子、テーブル、ベッド、食器など最低限必要となる物を残していってくれたおかげで、多少の不便はあるにせよ、初日から生活できたので楽だった。今までは、他人の家を転々とする暮らし。一夏で三回も引っ越しをしなくてはいけない時もあり、それがかなりのストレスだった。けれど、今回は自分の家なので、落ち着いて暮らすことができる。その安堵《あんど》感は想像をはるかに超えていた。

人生は双六《すごろく》のようなものだと思っている。そこまで駒を進めなければ、見えない景色があるんじゃないか、と信じているのだ。

ベルリンに恋して

三月に私がベルリンに来た時は、まだ街全体が灰色がかっていて、重たい冬の風情を引きずっていた。公園の木々も、ホーフと呼ばれるアパートの中庭の木も裸木で、寒々しい姿を晒《さら》していた。それなのに、ふと気がつくと、アパートの前の公園が、緑でいっぱいになっている。

私が住んでいるのは、アルトバウと呼ばれる古いアパートで、エレベーター無しの三階だ。正直、重い荷物を持って階段を上り下りするのはしんどい。外でお酒を飲んで帰ってきた時などは、エレベーターがあったらどんなに楽だろう、と思うこともある。それでもこのアパートに住みたいと思ったのは、目の前に公園があって、窓から見える景色が気持ちいいから。必死の思いで階段を上がって家に着いて、窓から嬉しそうに風に揺れる木々の姿を見ると、疲れも吹き飛んでしまうのである。

今でもよく覚えているのだが、私には「ベルリンに恋した瞬間」と呼べるものがある。それは、九年前、初めて仕事でベルリンに来た時で、時間は夕暮れ時だった。その日の取材を終えて、ある店で軽く食事をとって休んでいた。一緒にいたのは、コーディネーターさんと編集者さん、それにカメラマンさんだった。場所は、トルコ料理を出す小さな店で、店は少し薄暗かった。

その時に何を食べたのかはもう覚えていないけれど、食事をした後、ぼんやり店の前の通りを眺めていたことは覚えている。通りはゆるい坂道になっていて、坂道の向こうには公園があった。その坂道を、ある女性が自転車に乗って颯爽と下りてきた。風にスカートの裾をなびかせて、両手でしっかりとハンドルを握って、まっすぐに前を向いていた。そして、本当に気持ちよさそうな表情を浮かべていたのだ。まさに、生きていることを体全体で喜んでいるような、そんな美しい笑顔だった。その、颯爽と自転車で通り過ぎる姿を目にした瞬間、私はベルリンに恋をしたのである。

ずっと、それがどこだったのかわからずにいた。だって、その時の私はベルリンに関する知識が皆無と言ってよく、自分がどのエリアにいるのかもちんぷんかんぷんだったのだ。

けれど、先日、語学学校の授業を終えて、簡単に昼食を済ませようとアパートの一

階にあるトルコ料理の店に入った瞬間、長年の謎が解けたのである。灯台下暗しとはよく言うけれど、なんと、私が九年前ベルリンに恋に落ちた場所は、今自分が住んでいるアパートの一階にあるお店だったのだ。つまり、私は今、自分が恋に落ちたのと同じアパートに住んでいるということになる。

なんという偶然だろう。いくらベルリンが小さな町だと言っても、そこまでピンポイントで重なるということは奇跡に近い。きっと、私にとって、よっぽど縁のある場所なのだろう。

カトリーヌの手紙

郵便受けをのぞいたら、一通、手紙が届いていた。たいていは請求書だったりするから、手書きの宛名を見るだけでホッとする。

封筒は、和紙のような手触りの優しい紙質で、ハートの描かれた切手が二枚貼り付けてある。宛名の文字を見ただけでは、誰からの手紙かわからなかった。

裏を返すと、差出人の住所と名前が記されたシールが貼ってある。カトリーヌからだ。カトリーヌは、スイスに暮らしている、私にとっては最高齢の友人である。

カトリーヌとの出会いは、今思い出しても不思議でならない。場所は、南インドのとあるホテル、しかもプールのジャグジーだった。私は、友人らとアーユルヴェーダを受けるのが目的でそのホテルに滞在しており、その日の午後もプールで水浴びを楽しんでいた。

少し体が冷えたので体を温めようとジャグジーに行くと、そこにカトリーヌがいた。

美しい白髪のおかっぱ頭で、サングラスをかけ、派手な水着を身につけていた。先に声をかけてきたのはカトリーヌの方だった。私たちは、ジャグジーに入りながら他愛のない会話を交わし始めた。

すると、いきなり彼女が泣き出したのだ。どうしたのかと理由を尋ねると、なんと、彼女はほんの数週間前に長年連れ添ったご主人を亡くしたばかりだった。インドに来たのは、夫が亡くなったことを受け入れ、心と体を癒やすためだという。本当は友人も一緒に来る予定だったのだが、その友人が急に来られなくなってしまい、カトリーヌはたったひとりで南インドのホテルに泊まっていた。

今までずっと孤独だったのだと、彼女は涙ながらに訴えた。ジャグジーで、私も一緒に泣いていた。私には、亡くなったご主人が、私とカトリーヌを引き合わせてくれたように思えてならなかった。

それから私は、カトリーヌと一緒にヨガに参加したり、食事を共にしたり、プールで会う約束をしたりした。カトリーヌは、九十歳には思えないほど好奇心旺盛で、かわいらしく、私はカトリーヌが大好きになった。

そして翌月、たまたまスイスで仕事の予定が入っていた私は、今度はローザンヌでカトリーヌと再会した。カトリーヌは、私を自宅に招いて昼食をもてなしてくれた。家のあちこちにご主人との思い出が詰まっていて、まるで家そのものがカトリーヌの宝物箱のようだった。

カトリーヌと会ったのは、その、たった二回だけだ。一回は南インドのホテルで、そしてもう一回はカトリーヌの自宅で。それでも、カトリーヌは私にとってかけがえのない友人である。私は、カトリーヌを心の底から愛おしく感じている。

手紙の文字は、以前とは違うように感じた。きっと調子がいい時に、私のことを想いながら、懸命に書いてくれたのだろう。

つまずきの石

近所をぶらぶら歩いていると、よく、四角い金属製のプレートが舗道に埋められているのを目にする。何度もベルリンに来るうちにすっかり慣れてしまったけれど、これは「つまずきの石」と呼ばれるものだ。

プレートは縦横十センチほどで、その表面には、人の名前と生年、死亡年、亡くなった場所が記されている。ナチス政権によって殺された人たちで、その人がかつて住んでいたアパートの前の舗道に、埋められているのだ。時には六人分ほどのプレートがまとまって並んでいることもある。

ケルン在住のアーティスト、デムニッヒによって始まったこの活動は、ベルリンだけでなく、今ではドイツ以外のヨーロッパの国々にも広がっている。一回の外出で、つまずきの石が目に入らないことはない。そのたびに、戦争のことが脳裏をよぎる。プレートは、そこにひとりひとりの人生があったことを、声を荒らげることもなく、静かに物語っている。

つまずきの石とともに、戦争の加害者としての事実を忘れないための存在として役割を果たしているのが、「虐殺されたヨーロッパのユダヤ人のための記念碑」だ。二万平米ほどの広場に、高さが異なる二千七百十一の石碑が建っており、その間を人々は自由に移動することができる。

私も何度か、この記念碑を訪ねたことがあるが、まずはそれを作った場所に、ドイツ人の強い意志を感じずにはいられなかった。そこは、国の一等地、日本でたとえれば銀座のような所なのだ。すぐ近くにはブランデンブルク門があり、国会議事堂も目と鼻の先にある。

目を背けたくなる事実をあえて国の一等地に作ったということに、並々ならぬ覚悟を感じる。自分たちは、未来永劫《えいごう》にわたって、自ら犯した罪を語り継いでいくのだと、意思表示しているようなものである。

だから、こうしてドイツに身を置いてみると、戦争があったことを思い出す、という行為すら、感覚的にちょっとずれているように感じる。戦争の記録と記憶は常に日常生活の目に触れる場所にあるから、うっかりそのことを忘れてしまうという隙間《すきま》がない。忘れないから、思い出すという行為も存在しないのだ。

更に、戦争の加害者としての事実だけでなく、被害者としての事実もまた、誠実に残してある。二〇一六年の暮れにテロがあったクリスマスマーケットにほど近いカイザー・ヴィルヘルム記念教会がまさにそうで、戦争で爆撃された当時のままの姿で残されている。なかったことにしたい事実に覆いをかぶせるのではなく、自分たちのこれからの平和のためにあえて直視する。だからこそ今、ドイツ人は堂々と胸をはって、自分たちの意見を言えるのかもしれない。

なんでも残しておくドイツと、水に流す文化の日本。本当に対照的なのである。

喪中ハガキ

喪中ハガキが届き始めると、そろそろ暮れの到来を実感する。喪中ハガキの内容はたいてい決まっていて、「喪中につき、年始のご挨拶をご遠慮申し上げます」というのが一般的だ。そしてその後に、誰がいつ何歳で亡くなったのかを書き、生前お世話になったお礼や挨拶文などで結ぶ。

喪中ハガキを出すのは、亡くなった人からみて二親等までがひとつの目安とされている。ただし、明確な決まりはないとのこと。故人との関係の深さや、同居していたかどうかなどで、独自に判断するらしい。

ということは知っていたのだが、数年前、一通の喪中ハガキを見てびっくりした。なんと、故人の情報を記すところに、人ではなく、犬の名前が書かれていたのだ。その時は、わが家に犬を迎える前で、ただただ驚いたのを覚えている。正直、いくらなんでもやりすぎなんじゃないか、と思っていた。

が、犬と暮らしている今、その気持ちが痛いほどよくわかるようになった。おそらく私も、ゆりねが死んでしまったら、新年をお祝いするような気持ちにはなれないだろう。犬や猫も家族の一員だということは、情報として理解はしていた。けれど実際に犬と暮らしてみると、家族以外のなにものでもない。立ち位置が変わると、物事がくるっとひっくり返ってしまうのである。

先日、習字のお稽古《けいこ》の帰りにお稽古仲間と食事を共にしていたら、この話題になった。けれど、喪中ハガキを出すだけでなく、最近では家族以外の参列者も呼んで、ペットのお葬式をする人もいるとのこと。

喪服は着ていくの？　お数珠《じゅず》は持っていくの？　お香典はいくら包むの？　と興味は尽きず、大いに盛り上がった。

さすがに亡くなったペットとそれほど縁のなかった知人や近所の人を呼んでのお葬式はやりすぎなのでは、と笑い話になったが、今笑っていても、もし自分がその立場になったら、私もお葬式をしてしまうんじゃないかと、内心笑えない自分がいた。

お墓に関してもそうだ。私は長い間、自分のお墓などいらないと思っていた。骨は、お墓ではなく、直接どこかにまいてもらえたら、と考えていたのだ。けれど、犬と暮

らすようになり、考えが変わった。なんと、愛犬と同じお墓に入りたいと思うようになったのだ。これには自分でもびっくりした。
うちの犬は二歳なので、喪中ハガキを書くまでには、まだ時間がある。でも、それもあっという間にやってくるのだろう。生まれることも、病も、老いることも、死ぬことも、避けられない。届き始めた喪中ハガキを見ながら、そんなことを考えた。

懐かしい記憶

子どもの頃、初雪の朝が楽しみだった。私が生まれ育ったのは山形市で、雪がたくさん降る地域だった。

その日が来ている、ということは、なんとなく朝、目が覚めた瞬間にわかる。初雪の予感とでも言えばいいのだろうか。空気というか、雪の気配というか、そういうものを感じるのだ。前日までと違い、なんとなく障子の向こう側が明るくて、雪の、少し晴れやかな匂いがする。そう、雪にも匂いがある。

確かな予感を胸に障子を開けると、案の定、目の前に真っ白い世界が広がっている。やったー、と心の中で万歳をする。昨日までの黒や灰色だった世界が、一晩にして、美しい白銀の世界にひょう変しているのだ。雪は、汚いものも醜いものも、すべてをそっと覆い隠してくれる。

だから今でも、雪が降るとワクワクする。あんなふうに、一晩にして世界が一変するような初雪の朝を経験することはめったになくなったけれど、なんとなく雪は、今でも、私にとって優しくて温かい存在だ。子どもの頃に経験した初雪の朝ほど、懐かしい記憶は他にない。

だから、この冬はベルリンで、再びあの感触を味わえるのではないかと、ひそかに楽しみにしている。ベルリンの冬は雨が多いが、雨が降るくらいなら、いっそ、雪になってくれた方がよっぽどいい。

ベルリンに本格的な冬が訪れるのは、十一月だ。十一月は、翌月のクリスマスを励みに、なんとかしのぐことができる。十二月は、町にイルミネーションがあふれ、クリスマスマーケットを訪れる楽しみがある。けれど、クリスマスが終わった後の一月と二月は、お楽しみも底をつき、ただただ耐え忍ぶだけになる。ベルリンに、ようやく春の兆しが訪れるのは、三月に入ってからである。

もしも私が、東北の、しかも日本海側の冬を知らなかったら、ベルリンで冬を越すことはできなかっただろう。けれど、私はあの過酷な冬を経験している。そして、過酷な中にも、初雪の朝のような、ささやかな楽しみがあることも知っている。

今は、早起きして、夜明けを待つのが一日の楽しみになっている。たいていはどんよりと夜が明けるのだが、たまに、本当にきれいな朝焼けの空と遭遇する。そんな時は、うんと得したような気分になる。

二十代、三十代を過ごした東京の冬は、毎日が青空だった。私は東京の冬が好きで、冬の青空こそ最高だと思っていた。けれど、再びベルリンのような重たい冬を経験すると、毎日「青空」という当たりが出るより、たまに当たりが出る方が面白いんじゃないか、と思えてきた。当たりが出るか、ハズレが出るか、わからないからスリルがある。

きっと人生も同じなのだろう。ベルリンの冬を知れば知るほど、太陽への感謝の気持ちと愛しさがあふれてくる。

物語の種

物語を書く時は、自然であることを意識するよう心がけている。

自然には、それにふさわしい時間の流れというものが存在する。たとえば、植物の種が根を伸ばし、そこから芽を出し、花を咲かせるまでの時間。たとえば、味噌を仕込んで、それがおいしく熟成するまでの時間。それを無視して、いきなり花に明日咲くように命じたり、味噌をすぐ熟成させたりすることはできない。もしそれをやろうとすると、人工的で不自然な力を加えなければ無理なわけで、それは自然の摂理に反する行いになってしまう。

私が書く時に意識しているのは、物語もまた、自然の産物のように生まれることだ。イメージするのは稲作で、初夏に田植えをし、夏の間育てて、秋に収穫し、冬は田んぼを休ませ、また初夏になったら田植えをする。その繰り返しである。

私の場合も、大まかに季節を区切って、その大きな流れの中で執筆している。最初の頃は、もっと見境なくがむしゃらに書いていた。けれど、そうするとその時は瞬発力で乗り切れても、後が続かない。一作書き終えたとたん、バタンと倒れ込んで次の作品を書き始めるまでに時間がかかってしまう。結果的に非効率的だということに気づき、逆に、歩みは遅くても日々淡々と書くことを続けた方が、体力の消耗も少なくて済み、継続できるのだ。私にとっては書き続けるということが一番の目標なので、そのためには無理をしない、ということがもっとも大切になってくる。

私が一年の中で集中して書くのは、冬だ。寒いのよりも暑い方が苦手なので、冬の方が集中できるという単純な理由である。そして春は、それを読み直す編集の時期。夏は思いっきり体を休め、外に目を向け、外からの刺激をインプット。そして秋に作品を出版し、また冬になったら新たな作品に取りかかる。もちろん、毎回きれいにリズムが作れるわけではないけれど、イメージしているのは大体こんな感じである。

この流れは、出産の営みにも似ている。実際、私にとって物語を書くことは、自分の体の中で新しい命を育むことにとても近い。私は、出産の経験はないけれど、物語を書くことで出産を疑似体験している気がする。物語を書いている間は、わが子を身ごもっているのと同じ感覚で、最初はいるかいないかもわからなかったような小さな存在が、日を追うごとに少しずつ少しずつ成長し、やがて自分の体を離れていく。そうしてまた、新しい物語の種を育む、その繰り返しである。

作品が自分の子どもなので、その作品が映像化されたものは私にとって孫のような存在だ。外国語に翻訳されるということは、代理母に頼んでわが子を産んでもらうようなもの。出産をそばで見守る編集者は、心強い助産師さんなのである。

図星

昨秋のことになるが、新刊がほぼ二冊同時に刊行されるのに合わせて、四カ所でサイン会を行った。

ふだん、読者と直接会う機会というのはほとんどない。だから、サイン会という形で一人一人の方と言葉を交わせるのは、とてつもなく幸せなことである。

作品を書く時は、常々、どんな内容であるにせよ、読者にとっての広い意味での実用書でありたいと願っている。せっかくその方の人生の一部を割いて読んでいただくわけだから、何かしら読者の方の人生にとって為《ため》になる本でありたい。できれば、その方の本棚にしまわれて、また何かあった時にふとページをめくられる本でありたいと思っている。

九歳だという女の子の読者が、京都のサイン会に手紙を持って来てくれた。

「糸さんの本に書かれている内容は、つらい立場にある主人公が立ち直っていくものが多いように思います。それは、どうしてですか？」

翌朝封を開けた手紙には、そんなようなことが書かれてある。万年筆で書いたというその文字は、大人も顔負けの、美しく整ったものだった。

確かに、図星だ。自分自身、意識して書いているわけではないけれど、結果としていつも、再生の物語を書いている。もしかすると、自分自身がそうだからかもしれない。物語を読み終わって本を閉じた時、読者の方に明るい光を感じてほしい。人生いろいろあるけどさ、まぁ、なんとかなるって。大丈夫だよ。そんな声が聞こえる作品でありたい。

人生には、思いもよらないところで、自分が選んだわけでもないのに、大変なことやつらいこと、受け入れ難いこと、ままならないことが起きてくる。のほほんと生きているように見えても、人知れず、水の中では足をバタバタさせている。そういう、避けては通れない人生の災難に出合った時、闇の世界にのみ込まれて絶望することも、希望を失わずに光の方へと顔を向けることも、両方できるのだ。

私は、そういう時こそ、たとえかすかな遠い光でも、明るい方へと進んでいけるようでありたいと思う。そして、自分の作品が、読者にとってそういう後押しをする存

在になれることを夢見ている。植物が、光に向かって芽を伸ばすみたいに、明るい方へ向けて心を動かせる力というのは、生きる上でとても大切なのではないだろうか。

つらい時こそ、朗らかに笑うこと。そうすれば、もっとつらい経験をした人にとっての希望になる。現状を嘆いて涙を流しても、何も解決しない。でも、朗らかに健やかに日々を楽観的に過ごしていれば、自分の人生が、決して闇だけの世界で成り立っているのではないことに気づく。

きっと私は、物語を通して、そんなことを読者に伝えたいのだろう。

ほんの少しの余裕

ベルリンで暮らし始めて、そろそろ一年になる。ふわりと木の葉が風に舞うように、成り行き任せでベルリンにやって来た。日本とドイツとを行ったり来たりしながら、それぞれのいいとこどりをしようともくろんでいるのだが、この一年は、大半の時間をベルリンで過ごした。

日本の住まいも残してあるから、いつでも帰れるという気楽さがいいのかもしれない。本当に帰りたくなれば、明日にだって帰れるのである。だから、移住などと言われると、髪を振り乱して否定してしまう。いつまでベルリンにいるのかも決めていない。一応、ドイツが嫌いになるまで、というぼんやりとしたイメージは持っているが、この先、世界がどんな状況になるかもわからないし、個人的な事情で、行ったり来たりできなくなるかもしれない。不確実なことばかりなので、やっぱり風に身を任せている。

それでも、この一年、毎日の暮らしは充実していた。ベルリンでは、日々の暮らしそのものを楽しむことができる。言い換えれば、地に足をつけて生きているという実感を得ることができるのだ。むやみに消費を促されることから解放され、毎日、空を見上げる余裕がある。

日本とドイツ、何が違うのだろう、と考え、私なりに見いだした答えは、余裕である。その差は、決してすごく大きくはないのだが、ドイツの方が日本より、ほんの少し、気持ちに余裕が持てるのである。

ドイツでは、国民全員がなんらかの健康保険に入る義務があり、医療にお金がかからない。だから、大病をして入院しても、それに対しての自己負担はほぼ発生しない。子どもを出産するのにもお金がかからないし、産後のケアも、かなり保険でカバーされる。それに、大学まで教育は無償で、要するに、日々の生活費さえきちんと確保できれば、大きな出費がないのである。余分なお金は、旅行に回したりできる。

当然のことながら、社会保障を充実させるためには、税金が高くなる。けれど、税金がきちんと自分たちの元に戻ってきていると実感できるシステムが成り立っているので、高くても納得できる。そして、政治というものが、国民の暮らしの延長線上にある。もちろんドイツにも、問題はたくさんあるのだろうけれど、ドイツ人の主権者意識というのは、日本人が見習うべきもののひとつのように感じている。

先日、横断歩道の赤信号で待っていたら、道路の反対側で自転車を止めて待つ女性と目が合った。決して上等ではないけれど、自分に似合う服を着て、とても素敵なたたずまいだったのでつい見とれてしまったのだ。そしてお互い、ニコッと笑って通り過ぎた。

ほんの少しの余裕というのは、たとえばこういうことなのである。

あとがき

先日、ふと仏様のお顔を見たら、とても優しい眼差しを浮かべていることに気づきました。こんなに穏やかな表情をしていたかな、と思ったのですが、それはおそらく、仏様の表情が変わったのではなく、私の心の変化がそう感じさせたのだろうと思います。

毎日新聞の日曜版で週に一度のエッセイ連載を依頼された時、私は正直、自分には荷が重いように感じました。常々、エッセイはエッセイストが書くべきものと思っておりますし、私の日常は淡々としていて、特筆すべきことなど何もないように感じていたからです。

母のことを書いたのも、もうそのことしか書くことができないような状況で、止《や》むに止まれず、という面もあります。けれど、結果的にそのことで、私は過去の自分と向き合い、そして受け入れ、何かを清算することができたように感じています。

この本では、私の中の針と糸を、包み隠さずさらけ出しました。

物語を紡ぐことは、ちくちくと縫い物をすることに似ています。最終的に言葉として残るのは糸ですが、糸だけの力では、そこに何かを残すことはできません。糸は、針の力を借りることで、糸としての役割を全うできるように思うのです。

針もまた、針だけ存在していてもほとんど役に立つことはなく、その小さな穴に糸を通して、共に布と触れることで、針としての役割を発揮できます。針と糸は、お互いがお互いを必要とする存在です。

だから、針だけでも、糸だけでも、私は物語を書くことができません。私にとっては、針も糸も、両方、なくてはならない仕事道具なのです。これからも、両方を持ち歩き、大切にしていきたいと思います。

毎日新聞出版の柳悠美さんには、新聞での連載時より、常に温かい言葉で励ましていただき、本当にお世話になりました。作家としてデビューして十年となるちょっとした節目の年に、このような形で自分自身と向き合うことができたことを、とてもありがたく思います。

この本が、読者の方の人生や暮らしの、少しでもお役に立てることを願ってやみません。

二〇一八年秋　美しい朝焼けの空を見ながら

小川 糸

文庫版あとがき

文庫版のゲラに目を通しながら、懐かしい気持ちになった。単行本のあとがきを書いてから、ほぼ三年の月日が経っているので、自分でももう半分忘れている出来事もある。

この三年間、世界も、そしてわたしの人生も、目まぐるしく変化した。

ベルリンのアパートの窓から見える景色が刻々と変わっていったのは、二〇二〇年の三月だった。昨日まで子どもたちが公園で遊んでいたはずなのに、町からは忽然《こつぜん》と人の姿が消え、多くの店のシャッターが下ろされた。まるでゴーストタウンのようになり、恐怖を感じずにはいられなかった。

わたしは急遽《きゅうきょ》、予定を前倒しし、犬を連れて逃げるように帰国した。ほとんど誰もいないがらんとした空港は、現実のものとは思えない薄寒い光景だった。

その後、アパートを引き払ってしまったので、もう、ベルリンに帰る場所は無い。コロナが起こる前からそのつもりだったが、新型コロナウィルスに背中を押される形となった。結果的には、およそ二年半、ベルリンで暮らしたことになる。

世界にコロナが広がるのとほぼ同時進行で、わたしも、人生における大きな決断をした。あの頃とは家族形態が変わり、わたしは今、犬一匹とだけ暮らしている。よく考えれば、久々の一人暮らしである。

あれほど車を否定したのに、コロナ禍の最中、教習所に通って免許を取得した。ひょんなことから八ヶ岳に土地を見つけ、そこに山小屋を建てる計画を思いついたのである。人生でまだやったことのないことに挑戦してみたかった。そのためには、どうしても車の免許が必要だった。

わたしの双六人生は、まだまだ続いている。最後、どこでどんな形でゴールを迎えるのか、自分でもさっぱり見当がつかない。またベルリンに暮らすことだって大いにあり得るし、どこか別の町に根っこをはるかもしれない。山小屋での暮らしも未知数だ。それでも、一歩を踏み出した以上、どんなに向かい風が強くても、前に進んでいくしかない。

気がつけば、半世紀近くの時間を生きている。いまだに物語の多くの源泉を与えてくれている母には心から感謝しているし、これまでの人生の半分以上を共に歩んでくれた元夫にも感謝している。常にわたしの傍にいて、太陽のような温もりと光を恵んでくれる犬のゆりねにも、感謝の気持ちでいっぱいだ。

そして、こうしてこの本を手にしてくださったそれぞれの読者の方に、心からのありがとうを伝えます。

どうか、皆様の人生が晴れ渡り、すこやかで穏やかな風が吹きますように！

小川糸

二〇二一年　師走

本書は二〇一八年十一月に小社より刊行されました。
初出　毎日新聞「日曜くらぶ」二〇一六年十月二日〜
二〇一八年三月二十五日。

小川糸（おがわ・いと）

一九七三年生まれ。二〇〇八年、『食堂かたつむり』でデビュー。同作は、一一年にイタリアのバンカレッラ賞、一三年にフランスのウジェニー・ブラジエ賞を受賞。以後、多くの作品が英語、韓国語、中国語、フランス語、スペイン語、イタリア語など様々な言語に翻訳されている。『つるかめ助産院』『ツバキ文具店』『ライオンのおやつ』など映像化も多数。その他の小説に『喋々喃々』『にじいろガーデン』『サーカスの夜に』『キラキラ共和国』『ミ・ト・ン』『とわの庭』など。エッセイに『これだけで、幸せ』『育てて、紡ぐ。暮らしの根っこ』などがある。

装画・挿絵　ｎａｋａｂａｎ
カバーデザイン　芥陽子

毎日文庫

針《はり》と糸《いと》

第1刷 2022年2月1日
第13刷 2024年10月30日

著者 小川糸《おがわいと》
発行人 山本修司
発行所 毎日新聞出版
東京都千代田区九段南1-6-17 千代田会館5階
〒102-0074
営業本部 03(6265)6941
図書編集部 03-6265-6745
ブックデザイン 鈴木成一デザイン室
印刷・製本 光邦
 ISBN978-4-620-21040-7